KB160837

일본의 대학 이야기

– 명문대가 아니어도 전공을 찾고싶어 –

이 저서는 2017년도 정부(교육부)의 재원으로 한국연구재단의 지원을 받아 수행된 연구임.
(NRF-2017S1A6A3A02079082)

일본의 대학 이야기

- 명문대가 아니어도 전공을 찾고싶어 -

쿠라베 시키 지음 | 야규 마코토·조성환 옮김

원광대학교 HK+
동북아다이멘션연구단
North East Asian Dimension Reaserch

대학, 어디로 가야 하나?

근래 들어 본격화된 인구감소와 지방소멸로 인해 지역에 거점을 둔 대학들의 위상이 크게 흔들리고 있다. 정원을 채우지 못한 학과가 속출하고 있고, 학생들을 모집하기 위한 학과 개편에 몸살을 앓고 있다. 지방 사립대학의 경우에는 존립 자체가 위태로운 상황이다. 근본적으로 대학의 의미와 미래를 다시 묻지 않을 수 없는 상황이다.

그런데 이것은 비단 한국만의 문제가 아니다. 한국보다 먼저 근대화를 성취한 이웃 일본 역시 마찬가지이다. 두 사회의 구조적 유사성은 대학의 위기에서도 발견될 수 있다. 그래서 이 책은 일본의 대학이야기지만 한국의 대학이야기이기도 하다.

이 책에는 일본 대학이 사회적 변화에 살아남기 위해 어떻게 노력하고 있는지, 그 과거와 현재가 고스란히 담겨 있다. 아울러 명문

대학의 역사와 전통, 각 학과의 전국적 분포 상황, 각 대학의 유명 학과 등에 관한 정보도 망라되어 있다. 마치 한 권의 『일본대학 백과사전』을 보는 듯하다. 특히 대학이 구조개혁을 진행하는 과정에서 새로운 학과가 어떻게 생겨나고 사라지는지, 그 배경과 의도에 대한 설명은 이 책의 백미이다. 자칭 '대학애호가'를 자처하는 저자의 오랜 경험과 연구가 돋보이는 대목이다.

그래서 이 책은 대학관계자는 물론이고 대학응시자, 나아가서 학부모 및 진학상담자에게도 권할 만하다. 신입생을 원하는 대학과 대학 입학을 원하는 학생이 상호 유익한 관계를 형성할 수 있는지에 대한 방법과 방향이 서술되어 있기 때문이다. 이 책을 통해서 대학관계자들은 어떻게 하면 입학한 학생들의 이탈을 막을 수 있는지, 반대로 대학지원자들은 어떻게 하면 자신에 맞는 학부와 학과를 선택할 수 있는지, 그리고 학생을 지도하는 부모와 교사들은 어떻게 하면 학생에게 유익한 진로 지도를 할 수 있는지에 대한 방향과 단서를 얻을 수 있을 것이다.

원광대학교 동북아시아인문사회연구소는 일본을 비롯한 동북아시아 지역의 여러 문제들을 한국의 관점에서 분석하고 연구하여 사회적으로 확산하는 HK사업단이다. 이번에 간행하는 『일본의 대학이야기 – 명문대가 아니어도 전공을 찾고싶어!』는 이런 취지에서 기획된 번역서이자 대중서이다. 모쪼록 이 작은 책이 대학의 방향과 학부의 선택과 학생의 진로를 고민하고 있는 모든 분들에게 도움이 되기를 바란다.

끝으로 이 책이 나올 수 있도록 도와주신 여러분들에게 감사드린다. 이 책의 존재를 알려주신 원광대학교 박맹수 총장님, 그리고 번역서 출판을 제안해 주신 원광대학교 동북아시아인문사회연구소 김정현 소장님, 한국어판 제목을 제안해 준 윤현명 교수님, 윤문을 도와주신 손유나 선생님, 마지막으로 출판사와의 연락을 도맡아 준 유지아 교수님의 노고에 깊이 감사드린다.

원광대학교 동북아시아인문사회연구소 HK교수

조성환

주간지와 비즈니스 잡지에서, 혹은 논단論壇 잡지 등에서도 '대학'에 대한 특집은 자주 기획되고 있습니다. 신문을 펴보고 여러 웹사이트를 방문할 때마다 대학에 관한 뉴스나 의견을 보게 됩니다. 많은 정보가 존재하는 것은 전적으로 대학에 관심을 가진 분들이 많기 때문이겠지요.

"예전에 공부했던 모교의 동향이나 후배들의 활약을 알고 싶고, 남몰래 애교심을 확인하고 싶다.", "조금 있으면 고교생이 될 우리 아이의 진로를 고민해 봐야지." "올해 회사에서 채용한 새내기들은 낯선 이름의 대학을 나왔던데, 그곳에서는 어떤 교육을 하는 것일까?" 등등 때로는 진지하게, 때로는 가벼운 심심풀이로, 대학에 관한 화제에 자꾸 눈을 돌리게 됩니다.

저 자신도 대학의 부속고등학교에서 공부할 때부터 대학 입학, 대학원 진학, 대학 교수로의 전직 등 다양한 형태로 대학에 몸담아 왔습니다. 그래서 현재 저의 이력서에는 6개의 대학 이름이 열거되어 있습니다. 지금도 대학에 관한 정보를 보내는 일이나 고교생 진로 지도, 대학 관계자 연수 등과 같은 활동을 이어오고 있습니다. 대학을 좋아하기 때문입니다.

이렇듯 '대학 애호가' 중 한 사람인 저는 대학 업계의 일원으로 일하는 입장이기도 해서, '간판 학부'와 '간판 학과'의 존재에 관심을 갖고 있습니다.

일반적으로 '간판 학부'라는 표현은 "교육이나 연구 수준에 있어 사회에서 높은 평가를 받고, 그 대학 안에서도 알아주는 학부"라는 뜻으로 쓰입니다. 예를 들면 '주오대학中央의 법대', '게이오대학慶應의 경제', '와세다대학早稻田의 정경政經'으로 불리는, 각 대학을 상징하는 존재로서의 학부입니다. 이 세 경우처럼 누구나 인정하는 간판 학부도 있지만, 사람에 따라 간판 학부를 다르게 말하기도 합니다.

그러나 대학에서 이 학부들을 공식적으로 '간판'이라고 지정한 것은 아닙니다. 대학의 팸플릿이나 홈페이지를 보아도 어느 학부·학과가 간판인지 알 수 없습니다. 간판 학부는 대학이 정하는 것이 아니라 졸업생이나 학생, 교직원, 또는 연고가 없는 일반인에 이르기까지 대학을 둘러싼 관계자들의 '평판'에 의해 만들어지는 것입니다.

그런 간판 학부에 대해서 "왜 이 학부가 '간판'이라고 불리고 있을까?"라고 생각해 보면, 오히려 대학을 둘러싼 사회의 다양한 사정들이 보이기도 합니다. 취업 실적이 좋다, 자격시험 합격률이 높다, 사회의 리더를 많이 배출하였다, 다른 학부에 비해 입시 난이도가 높다, 미래사회를 앞서가는 강의 내용이다, 입지나 시설·환경이 무척 뛰어나다 등등 간판의 근거는 다양합니다. 엉성한 이유도 더러 있지만, 대학 교육의 본질을 생각하게 하는 사례도 있습니다.

한편 이름은 듣기 좋지만 무엇을 배우는지 알 수 없거나, 팸플릿 속 멋진 캐치프레이즈에 비해 실제 교육 환경은 미흡한 학부·학과도 요즘 늘어나고 있는 듯합니다. '간판뿐'인 경우입니다. 그중에는 "수험생이 몰리기만 하면 된다"는 식으로, 고교생들의 호응을 얻으려는 생각만으로 마구잡이로 만들어진 사례도 있는 것 같습니다. 이러한 사례들은 대학에서 제공하는 공식적인 정보만 가지고는 변별해 낼 수 없습니다.

1990년에 507개였던 일본의 대학이 2011년에는 780개까지 증가했습니다. 그 과정에서 학부·학과의 종류도 급격하게 늘어났습니다. 2001년에 254종이었던 대학의 학부·학과가 10년 후인 2011년에는 2배인 514종으로 늘어났는데, 이것은 옥석玉石이 뒤섞인 상태나 다름없습니다.

장차 진학할 학교를 선택하려는 고교생이나 그들의 학부모에게는 당혹스러운 현실입니다. 졸업생을 받아야 하는 기업 관계자들

역시 그렇겠지요. 모처럼 시대의 흐름을 타고 있는 신흥 대학·학부의 졸업생을 채용하려 해도, '간판뿐'인 위험성을 고려하면 함부로 손을 내밀 수 없기 때문입니다. 그렇다면 차라리 실적이 있어 안심할 수 있는 대학에서 채용하자는 생각이 들 것입니다.

'간판 학부'에도, '간판뿐인 학부'에도, 각자의 사정이나 배경이 존재합니다. 그 배경을 아는 것은 '보다 나은 교육'이나 '보다 좋은 인재人財(이 책에서는 긍정적인 의미를 담아서 '人才'가 아니라 '人財'라는 표현을 때때로 사용합니다)'를 생각하는 데 참고가 될 것입니다. 고교생들은 질 낮은 대학을 선택할 위험으로부터 멀어질 것이며, 사회에서 인정받는 교육을 받게 될 것입니다. 생소한 학교일지라도, 학생들은 본인이 생각했던 것보다 좋은 교육을 제공하는 대학을 '합리적으로' 선택할 수 있을 것입니다.

이 책은 간판 학부와 간판뿐인 학부를 여러 각도에서 바라보면서, 대학을 생각해 보고자 하는 책입니다.

제1장에서는 먼저 '학부'라는 조직을 둘러싼 오늘날의 동향을 소개합니다. 이로써 간판 학부 및 간판뿐인 학부가 생겨나는 사정도 보다 깊이있게 이해하실 수 있으리라 생각합니다.

간판 학부에 대해서는 제2장, 제3장에서 상세하게 소개하겠습니다. 하지만 "이 대학의 간판 학부는 이거다!"라고 단정하는 것이 이 책의 목적은 아닙니다. 여러 간판의 사례를 소개하겠지만, (특히 관계자 분들에게는) 이론異論도 있을 것입니다. 저 나름대로 독특한 시각을 조금이라도 많이 소개하고 싶은 의도로 이 책을 썼기 때문에, 독자 여러분과 의견이 다른 경우가 있더라도 너그러이 웃고 넘어가 주셨으면 합니다.

'간판뿐인 학부'에 대해서는 제4장에서 소개합니다. 간판뿐인 학부가 생겨나는 배경에는 몇 가지 패턴이 있습니다. 그것을 '유행 학부', '스튜디오 학부', '외래어 학부'와 같은 유형으로 나누어서 해설하였습니다. 전형적인 간판뿐인 학부의 몇 가지 사례는 오늘날 대학을 둘러싼 어려운 현실을 우리에게 가르쳐 줍니다.

높은 평가를 받는 '간판 학부'의 지위도 사실은 부동不動의 것이 아닙니다. 어느 시대에는 사회적 수요에 합치되었던 학부가 세상의 변화와 함께 쇠퇴해가는 것은 흔히 있는 일입니다. 제5장에서는 간판 학부를 둘러싼 현재의 동향을 추적하였습니다.

저는 평소에 고등학생의 진로 지도에 관여하고 있기 때문에, 지금까지 일본에서 행해진 '대학 선택', '학부 선택'에 대해서도 문제의식을 가지고 있습니다. "편차치偏差値*에 편중된 진로 지도가 공부와 경력에 대한 우리의 의식을 크게 왜곡시킨 것이 아닐까"라는 의문을 항상 느끼고 있습니다. "대학의 '내실'에 관심을 가질 기회

---

* '학력편차치'의 준말로, 일본판 '표준점수'이다. 편차치가 높을수록 좋은 학교다.

를 만들 수 없을까"라는 생각도 합니다.

마지막으로 제6장에서는 학부·학과를 둘러싼 진로 선택의 현황과 해결책에 대한 저 나름대로의 제안 — 지금부터 할 수 있는 것 — 에 대해 썼습니다.

이 책은 편하게 읽을 수 있는 에세이로 이루어져 있습니다만, 모쪼록 오늘날의 대학을 둘러싼 사회적 상황이나 대학이 안고 있는 여러 과제도 담고 있습니다. '간판 학부', '간판뿐인 학부'에 대한 지식을 가진 사람과 그렇지 않은 사람은 대학을 보는 눈이 다릅니다. 저는 지금까지 여러 장면을 마주하면서 이러한 문제점을 강하게 느껴 왔습니다. 독자 여러분이 대학을 생각하실 때도 이 책이 조금이나마 참고가 되었으면 합니다.

차 례

제5장 간판에 비치는 사회의 변화

제6장 앞으로는 학부를 어떻게 선택해야 할까

일러두기

  * 본문의 DTP와 도표는 이마이 아키코(今井明子)가 작성하였다.

 ** 모든 각주는 옮긴이의 것이다.

*** 이 책은 倉部史記의 『看板学部と看板倒れ学部 - 大学教育は玉石混淆』
    (東京: 中央公論新社, 2012)을 번역한 것이다.

제1장

오류투성이인
학부 선택

학부·학과에서 시작하는 일본의 대학 선택

　문文 67, 경제經濟 70, 법法 71, 상商 68, 의醫 73, 이공理工 67 …. 일본에서 교육을 받은 분이라면 이 글자들과 뒤에 오는 숫자가 무엇을 나타내는지 추측할 수 있을 것입니다. 이것은 '요요기 제미나르代々木ゼミナール'[1]의 홈페이지에 게재된 〈2012년도 대학난이도 순위 일람〉으로, 요요기 제미나르에서 시행한 모의시험 등의 데이터를 바탕으로 일반 입시에서 게이오기주쿠대학慶應義塾大學 각 학부의 입시 난이도를 편차치偏差値로 표현한 것입니다.

　이렇듯 매년 이 회사에서는 대학별, 학부별, 학과별 난이도 순위 일람을 홈페이지에 공개하고 있습니다. 공통된 것은 학부 혹은 학과의 전공마다 이런 수치를 부여하고 있다는 점입니다. 요요기 제미나르뿐만 아니라 수많은 대형 입시 학원들과 수험 관련 기업들도 이처럼 입시 난이도를 산출하여 공개하고 있습니다.

　이 데이터는 책자 형태로 수험생의 손에 들어가거나, 학교나 입

1　일본의 대표적인 민간 입시 학원 업체 중 하나이다.

시 학원에서 학생들이 수시로 열람하는 게시판에 학부 계통별 난이도 순위표의 형태로 커다랗게 게시되기도 합니다. 각 학부의 입시 난이도를 '경제·경영·상계商系', '이공계', '의醫·치齒·약藥·간호계' 등으로 구분하고, 각각 편차치가 높은 순으로 표에 나열합니다. 학생들은 진로를 선택할 때 한 번쯤 (많은 경우에는 몇 번씩) 그 표를 반드시 보게 될 것입니다. 이것은 일본에서 수험 생활을 해 본 사람이라면 누구나 공감하는, 별로 기억하고 싶지 않은 원풍경原風景입니다. 대다수의 학생들은 많든 적든 이 순위표를 참고하면서 대학 지원을 고민하고 있습니다.

이러한 난이도 순위표에서 학생들은 다음과 같은 사실을 알게 됩니다.

- 대학은 전문 분야에 따라 다양한 학부·학과로 나뉜다. 따라서 학생은 원서를 제출할 때까지 원하는 학부·학과를 정해 둘 필요가 있다.
- 입학하기 어려운 인기 학부와 그렇지 않은 학부가 있다. 각 학부의 난이도는 대학마다 다르다.
- 대학은 입시 난이도 순으로 각 전문 분야의 서열을 매기고 있다.

이렇듯 우리는 고교 시절에 '편차치'라는 척도를 머릿속에 넣게 됩니다. 편차치가 조금이라도 높은 대학이 좋다는 척도가 생기는 것입니다. 이 하나의 척도만으로 다감多感한 고교 시절을 보내고 입시에도 매진한 결과, 우리는 출신 대학을 편차치 서열로 평가하는 사고방식에 종종 빠지게 됩니다.

여기서 중요한 것은 입시 전까지 학부·학과를 정해야 한다는 점입니다. "뭘 새삼스레 당연한 소리를"이라고 생각하실지 모르겠습니다만, 미국에서는 입학 당시에 학부나 학과를 나누지 않고 입학 후에 공부하면서 전공을 정하는 대학이 일반적입니다. 하지만 일본에서는 학부 때부터 전문 분야를 어느 정도 깊게 공부하는 경우가 대부분입니다. 일본에서는 학부·학과를 먼저 정하지 않으면 진학 선택도, 수험 준비도 시작할 수 없습니다. 그런 의미에서 학부·학과의 결정은 고교 3년 동안의 커다란 목표 중 하나라고 해도 과언이 아닙니다.

대학 입학 후 중퇴하는 학생이 늘고 있다

그렇다면 실제로 일본의 고교생들은 진학하려는 학부나 학과를 적절하게 선택할 수 있을까요? 《요미우리신문賣讀新聞》은 2008년부터 〈대학의 실력〉이라는 조사를 실시하여, 전국 대학의 졸업률·중퇴율 그리고 4년간(의과대학 등은 6년간) 대학을 졸업하는 학생 비율 등을 공개해 왔습니다. 그 결과 중퇴율이 10~20%인 대학도 드물지 않았고, 심지어는 학교를 그만두는 학생의 비율이 40%(!)에 가까운 대학도 있다는 사실까지 밝혀졌습니다. 이는 '편차치'와 '학부·

학과의 명칭'을 토대로 진로를 지도해 온 고등학교 및 입시 학원 관계자들에게 커다란 충격이었습니다.

지금도 졸업을 기다리지 않고 대학을 중퇴하는 학생들이 늘어나고 있습니다. 〈일본중퇴예방연구소〉(NPO법인 NETVERY)가 정리한 『중퇴백서 2010』에 의하면, 국립·사립대학 및 단기대학, 전문학교를 합친 중퇴자 수는 2009년 한해에만 약 11만 9,000명입니다. 4년제 대학만 해도 매년 6만 명이 대학을 중퇴하고 있습니다. 고등교육 전체의 중퇴율은 연간 3.3%이고, 4년제 대학으로 한정하면 4년 동안 12.6%입니다. 실로 8명 중 1명이 졸업하지 못하는 셈입니다.

왜 어렵게 진학한 대학을 떠나는 걸까요? 일본사립학교 진흥·공제사업단이 2005년도에 사립대학 중퇴자 55,500명을 대상으로 실시한 조사에 의하면, 이들이 중퇴를 선택한 이유는 주로 "다른 대학으로의 재입학이나 편입학 등의 진로 변경"이 21.0%였고, "경제적 곤궁"이 18.6%, "취학 의욕의 저하"가 14.2%로 나타났습니다. '진로 변경'이 중퇴의 가장 흔한 사유였습니다. 입학 후에 선택한 전공이 "정말로 하고 싶은 일이 아님을 알게 되었다", "대학의 수업이나 주위의 인간관계에 실망했다" 등의 이유로 자퇴를 선택하는 학생도 많았습니다. 즉, 고교 시절에 학부·학과를 선택하는 과정에서 잘못된 사례가 많다는 것입니다.

다른 나라들과 비교하면 일본의 대학 중퇴율은 그나마 낮은 편입니다. 그렇지만 문제는 일본에서 '중퇴'는 향후 학생의 경력에 큰 영향을 끼친다는 사실입니다. 예를 들어 미국에서는 대학이나 전문

대학의 중퇴율이 50%를 넘습니다. 하지만 학점 교환 등의 제도가 정비되어 있고, 재학 중에 다른 학교로 옮기는 일도 드물지 않으며, 중퇴한 사실이 부정적인 평가로만 직결되는 것도 아닙니다. 반면에 일본에서는 '중퇴'했다는 사실만으로 이후 취직 등에서 부정적인 평가를 받는 일이 종종 있습니다. 비정규직 근로자나 아르바이트 생활자 중에서는 중퇴 경험자가 많다는 자료도 나와 있습니다.(『중퇴백서 2010』 참고)

이처럼 부정적인 영향이 있음에도 불구하고 "하고 싶은 일이 아니었다"라는 이유로 대학을 중퇴하는 학생들이 끊이지 않는 것을 보면, 얼마나 많은 불일치mismatching가 있는지 알 수 있습니다. 듣기에만 좋고 흥미로워 보이는 명칭으로, 전문 분야로의 취직에도 유리하다고 선전했던 학부·학과에 실제로 입학해 보니 그 내실은 달랐다고 호소하는 학생들의 이야기도 자주 들립니다.

대학 입장에서도 중퇴자의 증가는 커다란 고민거리입니다. 원래 4년치 학비를 지불해야 할 학생이 1년 만에 대학을 그만두게 되면, 대학은 나머지 3년치 학비를 잃어버리게 됩니다. 편입생으로 등록금을 보충하는 것도 한계가 있기 때문에 대학 경영에는 심각한 타격입니다. 대학이 아무리 지원자를 모아도 정원이 훨씬 넘는 학생들을 입학시킬 수는 없습니다. 이렇듯 대학은 저출산으로 인한 신입생 감소에 고뇌하고 있습니다.

하지만 그에 못지 않게 "학생 본인이 정말 원하는 환경이 아닌 대학에 진학하게 되는" 불일치 역시 문제입니다. 고등학교의 진로 담당자나 대학 관계자 중에는 이제까지의 진로 선택이나 진로 지도 방식에 불일치의 원인이 있다는 사실을 깨달은 분들도 많이 계십니다. 그러나 알고 있어도 사태를 바꾸는 사람은 아무도 없습니다.

지원자 수를 가능한 늘리려는 대학

왜 불일치가 없어지지 않는 걸까요? 여기에는 대학을 둘러싼 사회적 상황이 연관되어 있는 것 같습니다. 현재 대학들의 최대 관심사는 지원자 모집입니다. 쉽게 말하면 "보다 많은 지원자 수를 확보하는 것"입니다. 1990년대 초, 저출산으로 인해 약 200만 명이었던 18세 인구는 그 후 20년 동안 계속 감소해서, 2012년 현재는 대략 120만 명 정도입니다. 20년 동안 무려 40%나 줄었습니다.

그 사이에 대학의 수는 줄어들기는커녕 오히려 증가했습니다. 시대의 변화에 따라 학생을 확보할 수 없게 된 전문대학이 4년제 대학으로 바뀐 것도 대학 수 증가에 박차를 가했습니다. 그 결과 대학 진학 희망자의 숫자보다 대학 모집 정원이 더 많아졌고, 지금은 계산상 "가리지만 않으면 대학에 입학할 수 있는" '전입全入' 시대를 맞이하고 있습니다.

물론 현실적으로는 인기 있는 대학과 인기 없는 대학이 존재하기 때문에, 지원자의 수가 그렇게 딱 떨어지지는 않습니다. 많은 지원자가 몰리는 브랜드 대학이 있는가 하면, 충분한 지원자를 모으지 못해서 정원 미달이 되고, 정원 충족을 기대할 수 없는 상태가 계속되다가 결국에는 모집 정지(=폐교)에 내몰리는 대학도 늘어나고 있습니다. 2000년 이후에 이미 10개 이상의 대학이 모집 정지를 결정했습니다. 그중에는 개교한 지 5년도 안되는 아주 젊은 대학도 있습니다.

국립사회보장·인구문제연구소의 추산에 따르면 일본의 18세 인구는 2030년 무렵에 100만 명을 밑돌고, 2050년 무렵에 70만 가까이 감소하는 것으로 예상됩니다. 지금까지 일본의 대학은 '일본의 젊은이'만을 타깃으로 삼아 왔지만, 그 파이는 갈수록 줄어들고 있습니다. 폐교로 몰릴 대학은 앞으로 더 늘어나겠지요.

이러한 상황에서 이미 정원 미달인 대학들은 한 명이라도 더 많은 학생을 확보하기 위해 필사적입니다. 입학자의 수만큼 학비 수익도 늘어나기 때문에 무리도 아닙니다. 정원을 충분히 채우고 있는 대학도 입학 난이도, 이른바 '편차치'의 수치를 끌어올리기 위해 지원자 숫자의 '최대화'를 노리는 입시 홍보 전략을 펼치고 있습니다. 일본에서는 입시 학원에서 시행하는 모의시험으로 산출·공표되는 편차치가 높은 대학일수록 '좋은 대학'이라고 생각하는 사람들이 적지 않습니다. 이 편차치는 지원자가 많을수록, 경쟁률이 높아질수록 올라가기 때문입니다. 그래서 대학 측은 한 명이라도 더 많은 지원자를 모으고, 학생 모집을 더욱더 철저하게 하는 것입니다.

입학 전형료라는 수입 역시 커다란 매력입니다. 최근에는 전형료를 인하하는 대학도 늘고 있지만, 중견 이상의 대학은 지금도 3만 엔~3만 5천 엔 정도로 설정하고 있습니다. 만 명 단위의 수험생이 몰리면 수억 엔, 수십억 엔의 수입이 되기 때문에, 이것만으로도 일반 기업의 연간 매출 총액에 필적하는 규모입니다. "대학들이 이 수입원을 잃지 않으려고 불일치의 해소에 진지하게 달려들지 않는 게 아닌가"라는 교육 관계자들의 목소리가 높아질 정도입니다. 이유야 어떻든 거의 모든 대학은 지원자 '숫자'의 증가를 경영의 최우선 과제로 삼고 있습니다. 그 방식에 불일치의 원인이 숨어 있습니다.

도쿄 6개 대학의 학부 구성은?

여러분들은 버스나 지하철에서 대학 홍보 광고물을 본 적이 있을 것입니다. 그것을 잘 살펴보면 낯선 명칭의 학부나 학과가 눈에 띄게 늘어났음을 알 수 있습니다. 매년 많은 대학이 학부를 신설하고 있기 때문입니다. 20여 년 전의 대학만 알고 계신 분들은 오늘날 대학에서 학부를 변경하고 신설하는 속도를 믿기 어려울 것입니다.

그 사례로 많은 분들이 아시는 도쿄 6개 대학(도쿄대東京大, 와세다대早稲田大, 게이오대慶應大, 메이지대明治大, 릿쿄대立敎大, 호세이대法政大)의 2012년 현재 학부 구성을 소개하겠습니다. 각 학부의 설치 연도도 함께 표기했습니다. 신설되기 전의 전신前身 학부나 학과가 있는 경우에는 그것의 설치 연도로 거슬러 올라갈 필요가 있겠지요. 하지만 여기에서는 오늘날 대학의 급격한 움직임을 알려 드리고자, 현재의 학부 명칭으로 확정된 시기를 설치 연도로 삼았습니다.(1990년 이후의 신설 학부는 회색으로 표시해 두었습니다)

어떻습니까? "우리 모교에 언제 이런 학부가 생겼지?"하고 놀라신 분들도 계실 겁니다. 과거에 일본에서 최다 학부를 자랑했던 대학은 니혼대학日本大學으로 14개 학부를 운영했습니다. 소속된 학생도 많았고, '학과 백화점'이라 불릴 정도였습니다. 그러나 지금은 10개 정도의 학부를 가진 대학이 대부분입니다.

주목할 만한 것은 1990년 무렵의 급격한 전개입니다. 국립대학인 도쿄대학東京大學을 제외하면, 각 대학들은 모두 활발하게 새 학부를 신설했습니다. 그중에서도 특히 눈길을 끄는 것은 호세이대학法政大學으로, 1998년에는 6개 학부였는데 11년 후에는 무려 9개의 학부를 늘려 니혼대학日本大學을 웃도는 15개 학부 체제를 구성하게 되었습니다. 누가 이런 변화를 상상할 수 있었을까요?

이런 경향이 도쿄의 6개 대학에만 나타나는 것은 아닙니다. 일본에서 가장 많은 18개 학부를 자랑하는 대학은 도카이대학東海大學입니다. 같은 학교법인에 속했던 3개 대학을 통합하여 학부 수에서 니혼대학을 제치고 있습니다. 간사이대학關西大學, 긴키대학近畿大學, 리츠메이칸대학立命館大學도 13개 학부를 보유하고 있습니다. 교토

도쿄대학 10개 학부		와세다대학 13개 학부		게이오기주쿠대학 10개 학부		호세이대학 15개 학부		메이지대학 9개 학부		릿쿄대학 10개 학부	
1868	법학부	1920	정치경제학부	1920	법학부	1920	법학부	1920	법학부	1922	문학부
1868	의학부	1920	법학부	1920	경제학부	1920	경제학부	1920	상학부	1949	경제학부
1868	문학부	1920	상학부	1920	법학부	1947	문학부	1920	문학부	1949	이학부
1868	이학부	1949	교육학부	1920	의학부	1952	사회학부	1925	정치경제학부	1958	사회학부
1886	공학부	1966	사회과학부	1957	상학부	1959	경영학부	1949	농학부	1959	법학부
1890	농학부	1987	인간과학부	1981	이공학부	1999	국제문화학부	1953	경영학부	1998	관광학부
1919	경제학부	2003	스포츠과학부	1990	종합정책학부	1999	인간환경학부	1989	이공학부	1998	커뮤니티복지학부
1949	교양학부	2004	국제교양학부	1990	환경정보학부	2000	정보과학부	2004	정보커뮤니케이션학부	2006	경영학부
1949	교육학부	2007	문화구상학부	2001	간호의료학부	2000	현대복지학부	2008	국제일본학부	2006	현대심리학부
1958	약학부	2007	문학부	2008	약학부	2003	커리어디자인학부			2008	이문화커뮤니케이션학부
		2007	기간(基幹)이공학부			2007	디자인공학부				
		2007	창조이공학부			2008	글로벌교양학부				
		2007	선진이공학부			2008	이공학부				
						2008	생명과학부				
						2009	스포츠건강학부				

대학京都大學, 도요대학東洋大學, 데이쿄대학帝京大學도 각각 10개 학부를 보유하고 있습니다. 이 대학들은 모두 90년대 이후부터 학부를 늘리고 있습니다. (통신교육부는 제외합니다. 2012년에 학생을 모집하고 있는 학부만 계산했습니다.)

요즘 새로 생겨난 학부들을 살펴보면 인문계라고도 이공계라고도 할 수 없는 학제계學際系 학부가 많고, 외래어로 된 긴 이름을 가진 학부도 많으며, '스포츠'나 '국제', '커뮤니케이션'과 같은 키워드를 즐겨 쓰는 등 공통적으로 읽어낼 수 있는 경향이 있습니다.

이와 같이 학부의 신설이나 개칭, 재편이 활발하게 이루어지는 이유는 무엇일까요? 많은 대학 관계자들이 이러한 방법이 학생 모집에 가장 효과적이라고 생각하기 때문입니다. 기존의 학부·학과를 고교생들이 흥미로워 할 만한 명칭으로 개조改組·재편한 사례가 있는가 하면, 앞으로의 사회적 요구에 맞추어 거의 무無의 상태에서 학부를 새롭게 구축한 사례도 있습니다. 이 사례들의 공통점은 "지원자 수를 늘리고 싶다"라는 의도에서 출발했다는 것입니다. 그 것도 위기에 처한 대학일수록 더욱 대담하게 학부 구성을 바꾸고 있습니다.

이것은 오늘날 일본의 대학을 아는 데 있어서 중요한 포인트입니다. 단지 "대학을 좋게 만들고 싶다"라고 생각한다면, 수업의 질을 높이거나 취직 실적을 신장시키는 것과 같이 학부 구성에 손을 대는 것 이외의 방법을 찾을 수도 있기 때문입니다. 실제로 많은 대학들이 종합적으로 다양한 개혁과 개선을 실시하고, 교육 환경의 정비나 수업의 수준 향상, 재무 체질의 강화 등을 실행하고 있습니다. 거의 모든 대학에서 '학부·학과의 신설'은 최후의 카드라고 할 수 있습니다.

지원자가 모이지 않는 것은 이름이 나빠서?

대학이 사회 변화에 대응하기 위해서 조직 개편을 적극적으로 검토하는 것은 나쁜 일은 아닙니다. 도쿄 6개 대학의 새 학부 중에는 변화하는 사회에 대응하겠다는 강렬한 메시지를 던져 주는 학부도 있습니다. 그러나 대학 업계 전체를 조망하면, 그것보다는 "고교생들이 쉽게 이미지를 떠올리는 명칭을 내걸고 싶다", "들었을 때 현대적이고 멋있다는 생각이 들게 하고 싶다", "취직에 도움이 된다는 인상을 주고 싶다" 등의 이유가 대부분입니다. 학생 모집을 위한 대학의 속셈이 드러나는 것 같습니다.

전체적으로 학령인구는 줄고 있고, 라이벌 대학과 지원자 수는 벌어지고 있다. 이대로 가다가는 경영도 기울어질 수 있다. 그런 대학을 찾아가서 관계자에게 "무엇이 안 좋은 걸까요?", "사태를 타개하려면 무엇부터 손을 대야 할까요?"라고 물어보십시오. 아마 십중팔구는 "학부·학과명이 고교생에게 먹혀들지 않으니까 이름을 바꿔서 PR해야 한다"라는 취지의 답변이 돌아올 것입니다. 심지어는 "대학 이름이 나쁜 것 같으니 차라리 학교 이름을 바꿔버리는 게 낫다"라고 대답하는 사람도 있을 것입니다. 실제로 모집 정지에 내몰린 대학 중에는 경영이 악화되는 과정에서 대학 이름을 바꾸거나 학부 이름을 대폭 쇄신한 사례가 적지 않습니다.

【모집 정지 결정 직전에 학교 이름을 바꾼 사례】

- 미에추교대학三重中京大學(미에현三重縣 마츠사카시松阪市)：1982년에 '마츠사카대학松阪大學'으로 개교. 2005년 4월에 교명 변경. 2010년도부터 모집 정지.

- 성聖토마스대학(효고현兵庫縣 아마가사키시尼崎市) : 1963년에 '에이치대학英知大學'으로 개교. 2007년 5월에 교명 변경. 2010년도부터 모집 정지.
- 후쿠오카의료복지대학福岡醫療福祉大學(후쿠오카현福岡縣 다자이후시太宰府市) : 2002년에 '제일복지대학第一福祉大學'으로 개교. 2008년 4월에 교명 변경. 2011년부터 모집 정지.

"대학의 이름이 좋지 않아서 수험생이 오지 않는다"라는 발상은 대학의 관계자들이 빠지기 쉬운 함정입니다. 이렇게 말하는 저 자신도 대학에서 근무하던 당시에 그들처럼 생각한 적이 한 번도 없었다고 하면 거짓말입니다. 왜냐하면 실제로 학부나 학과의 이름을 바꾸는 것만으로도 수험생들의 인기를 얻은 사례가 적지 않기 때문입니다. 그래서 대학 관계자들은 명칭을 바꾸고 나서 수험생의 반응(지원자의 증감)을 살피며 "별로 차이가 없네", "앗, 약간 늘었잖아. 바꾸길 잘했네"하며 일희일비합니다. 이런 시행착오의 반복으로 학부·학과명도 빈번하게 바뀌는 것입니다.

왜 명칭을 바꾸는 것만으로 지원자가 늘었다 줄었다 하는 걸까요? 일본에서는 입시 학원의 모의시험 결과가 학부·학계學系별 난이도 순위로 공개되고, 순위에 열거되는 대학·학부명을 바탕으로 고교생이 진로를 결정하고 있습니다. 학부의 내용보다는 표면적인 학부 명칭이 학생의 대학 선택에 큰 영향을 끼치고 있는 것입니다. 그렇기 때문에 대학에서도 색다른 명칭으로 학부·학과를 정비하는

데 힘을 쏟고 있는 것입니다.

학부·학과 수의 증가가 불일치mismatching의 원인으로

　도쿄 6개 대학의 새 학부에는 약간 생소하고 색다른 이름도 있었습니다. 지금 대학의 학부나 학과가 얼마나 다양해졌는지 알고 계시나요? 대학 운영과 관련된 각종 규칙이나 제한은 〈대학설치기준大學設置基準〉에 따르는데, 이 기준은 1956년에 공포된 당시의 문부성령文部省令으로 제정되었습니다. 대학이 수업 과목을 개설할 때 '일반교육 과목', '전문교육 과목', '외국어 과목', '보건체육 과목'으로 구분해야 한다거나, 각각의 과목에 대해 졸업하기 전까지 취득해야 할 학점은 얼마라거나 하는 내용을 구체적으로 정해 둔 것입니다. 학부(학사 과정)를 졸업하면 수여되는 '학사' 칭호도 이전에는 〈대학설치기준〉에 따라 29종으로 한정되어 있었습니다. 이때는 학부 이름도 단순했기 때문에 진로 지도도 수월했을 것입니다.

　그런데 〈대학설치기준〉이 1991년에 대폭 개정됩니다. 각각의 대학이 독자성을 발휘하고 특색 있는 교육 및 연구를 할 수 있도록 세세한 규칙과 제한이 철폐되고, 최소한의 대략적인 규정만 남게 됩니다. 이것을 '대학설치기준의 대강화大綱化'라고 부릅니다. 요컨대 규제 완화입니다.

　그때까지는 '칭호'로 여겨졌던 학사學士도 석사修士나 박사와 마찬가지로 정식 '학위'가 되고, '학사(문학)', '학사(공학)'와 같이 전공을 뒤에 부기附記하는 방식으로 바뀌었습니다. 전공을 부기附記하는 방법도 대학이 자유롭게 결정할 수 있게 되었고요.

"고교생에게 좋은 인상을 주고 싶다"라고 생각했던 대학으로서는 안성맞춤이었습니다. 이 때부터 사립대학을 중심으로 전국의 대학들이 활발하게 학부·학과를 재편하기 시작했습니다. 이 당시에 사용된 학부·학과의 명칭들은 대부분 조어·신어라고 해도 무방합니다. 앞서 살펴 본 도쿄의 6개 대학처럼, 90년 이후에 신설된 학부는 대부분 '국제문화', '정보커뮤니케이션', '현대심리現代心理'와 같이 2개 이상의 단어를 조합해서 만든 명칭입니다. 이러한 현상은 전국적으로 나타났습니다.

2012년 5월 현재, 일본에 존재하는 학부의 명칭은 514종에 달하고 있습니다. 학과의 명칭은 그 몇 배가 될 것입니다. 이 책의 서두에도 언급했습니다만, 2001년 시점에서 학부의 명칭은 254종이었습니다. 불과 10년 만에 종류가 2배로 늘어난 셈입니다. 또한 전체 514종 가운데 284종의 학부가 단 하나의 대학에만 존재합니다. "우리 대학에만 있는 학부입니다!"라고 주장하는 독자적인 학부가 실로 절반 이상을 차지합니다. 2개 대학에 존재하는 학부가 순식간에 줄어서 불과 83종인 것을 보면, '유일only one'에 대한 대학 관계자들의 집착이 상당함을 알 수 있습니다.

학부가 다양해지면서 졸업식 때 주어지는 학사 호칭도 복잡해졌습니다. 색다르고 낯선 학부 이름을 앞다투어 붙인 대학은 학사 호

<〈1991년 6월 이전의 '학사'의 종류〉>

〈1991년 6월 이전의 '학사'의 종류〉

문학사文學士, 교육학사敎育學士, 신학사神學士, 사회학사社會學士, 교양학사敎養學士, 학예학사學藝學士, 사회과학사社會科學士, 법학사法學士, 정치학사政治學士, 경제학사經濟學士, 상학사商學士, 경영학사經營學士, 이학사理學士, 의학사醫學士, 치학사齒學士, 약학사藥學士, 간호학사看護學士, 보건위생학사保健衛生學士, 침구학사鍼灸學士, 영양학사營養學士, 공학사工學士, 예술공학사藝術工學士, 상선학사商船學士, 농학사農學士, 수의학사獸醫學士, 수산학사水産學士, 가정학사家政學士, 예술학사藝術學士, 체육학사體育學士

칭에 부기하는 전공 표기에도 학부·학과와 똑같은 '조어'를 썼기 때문입니다. 결과적으로 학사의 종류가 2012년 현재 670종 이상에 달하고 있습니다. 게다가 그중 60%는 특정 대학에만 존재하는 '유일한only one 학위'입니다. 물론 이렇게까지 학과가 세분화 되면, 학습을 보장하는 역할은 기대할 수 없습니다. 이미 기업의 채용 담당자들 사이에서는 "무엇을 배웠는지 알 수 없다"라는 풍문이 들려오고 있습니다. 해외로 유학을 갈 때에도 학점 인정 등의 문제로 상당히 고생할 것입니다.

이렇듯 새로운 학부·학과의 명칭이 급격히 늘어나면서, 입시를 준비하는 고교생이나 진로를 지도하는 교사들은 혼란을 겪고 있습니다. 제 아무리 베테랑 교사라고 해도 이 모든 것을 이해하고 파악하기는 불가능하기 때문입니다. 수백 종의 학부 명칭과 그 몇 배에 달하는 학과 명칭, 그리고 670종 이상의 학위를 모두 파악할 수 있는 사람은 대학에도 없습니다. 일본에서는 대학 진학을 앞두고 먼저 "무엇을 배울 것인가?"를 정해야 하는데, 그 내용이 너무 다양해서 입시 지도를 하는 교사 조차도 알 수 없는 실정입니다. 고등학교 교사 중에는 "(학생) 본인의 적성에 맞는 학부·학과를 선택하게 하고 싶다"라고 생각하는 분들도 적지 않을 것입니다. 하지만 어떤 학문인지 알 수 없으면 판단할 길이 없습니다. 결과적으로는 대학이 '명칭의 느낌'만으로 진로를 선택하는 경향을 점점 더 강화하는 꼴이 되고 말았습니다.

원래 대학은 "고교생에게 선택받기 위해서 내용으로 차별화하고 싶다"라는 의도로 다른 곳에는 없는 새 학부를 만들었을 것입니다. 그러나 슬프게도 다른 대학 역시 모두 똑같은 생각을 하고 있었습니다. 학부·학과의 종류가 폭발적으로 늘어난 탓에, 정보의 소용돌이에 휘말린 고교생들은 "대학의 차이를 모르겠다"라며 혼란스러워 하거나, 입학 후에 불일치였다는 것을 깨닫고 자퇴를 선택하고 있습니다. 참으로 아이러니한 이야기입니다.

입학 후의 '내용'을 알려 주지 않는 대학

같은 명칭의 학부·학과라도 담당교수나 커리큘럼, 교육 환경에는 대학마다 차이가 있습니다. 편차치가 비슷하더라도 교육 수준은 다릅니다. 편차치가 높다고 해서 교육 수준도 높은 것은 아닙니다. 연구 수준이 편차치와 일치한다는 보장도 없습니다. 그러나 대학의 팸플릿이나 오픈 캠퍼스에서 얻을 수 있는 정보만으로, 고교생들이 그 차이를 알아내기는 매우 어렵습니다. 그 이유는 두 가지입니다.

첫째는 대학의 홍보력 부족입니다. 전후戰後에 대학은 학생 모집에 고민하지 않았습니다. 단카이세대團塊世代[2]의 대학 졸업 후와 같이, 18세 인구가 급격히 감소하는 시기가 몇 번이나 있었지만, 그때마다 진학률은 상승했습니다. 그래서 대학은 그다지 애쓰지 않아도 학생을 확보할 수 있었습니다. 홍보할 필요가 없었으므로 홍보력을 연마할 필요도 없었습니다. 지금도 오픈 캠퍼스 등에 대해서 대학 관계자에게 물어 보면, 각 학과의 학습 내용에 대한 이야기는 자세히 들을 수 없습니다.

물론 90년대 이후부터 저출산이 급격히 진행되면서 학생을 모집하는 일이 대학의 긴급한 과제가 되었고, 그 과정에서 대학의 홍보 수준은 상당히 올라갔습니다. 대형 광고 대리점이나 미디어의 제1선에 있었던 인재를 홍보팀으로 맞이한 대학도 있고, 직원 연수도 충실해지고 있습니다. 조직으로서의 홍보력은 상당히 향상했다고 생각합니다. 따라서 이 문제는 조만간 개선될 것입니다.

두 번째 이유는 대학에서 공부의 '내용'을 상세하게 알려 줄 수 없는 사정이 있기 때문입니다. 이것이야말로 본질적인 이유이자,

---

2 제2차 세계대전 패전 직후 몇 년 동안 출생률이 매우 높았던 시기에 태어난 세대.

심각한 문제입니다.

　대학은 입시의 경쟁률을 높은 수준으로 유지하기 위해, 지원자 '수'의 최대화를 목적으로 홍보 활동을 합니다. 알기 쉽게 말하면 "한 사람이라도 많이, 가능하면 모든 고교생이, 우리 대학을 지원하게 하고 싶다"라는 것입니다. 앞에서 말했듯 대학에 따라 학습 내용은 다릅니다. 같은 경제학을 배워도 커리큘럼이 다르고, 수도권 대학과 지방 대학이 다르고, 1학년이 200명 정도인 소규모 대학과 1학년이 6,000명이나 되는 대규모 대학은 학습 환경이 전혀 다릅니다. 이처럼 각 대학에서 받을 수 있는 교육은 같지 않습니다. 그래서 "나는 이 대학이랑 맞지 않는다"라고 말하는 고교생이 나오는 것도 자연스러운 현상입니다.

　학생들 중에는 한 과목에 20명 정원으로 수업이 진행되고, 선생이 학생 한 사람 한 사람의 얼굴이나 성격을 파악하면서 세심한 교육을 할 수 있는 환경이라야 실력이 느는 학생도 있습니다. 그런 학생이 "총 학생 수 3만 명에, 200명 이상이 수강하는 대형 강의실에서 주입식으로 진행하는" 대학에 진학한다면 이 또한 불일치일 것입니다. 그런 불행이 일어나지 않도록 하기 위해서라도 대학은 학생들로 하여금 "이 대학은 이런 환경인가? 나는 거기에서 해낼 수 있을까? 좀 더 다른 유형의 대학을 선택하는 게 도움이 되지 않을까?"라고 생각할 수 있도록 보기를 제공하는 것이 중요합니다.

　그러나 지원자 '수'를 최대화하려는 대학으로서는 학생에게 그러한 보기를 제공하는 것 자체가 "해서는 안 되는" 일입니다. 대학의 입장에서는 고교생이 쓸데없는 생각을 하지 않고, 일단 지원하게 하는 것이 좋기 때문입니다. 그래서 구체적인 숫자나 교육 방침은 말하지 않고, 애매하고 추상적인 캐치프레이즈만 나열한 팸플릿이 만들어집니다. "무엇이든 폭넓게 배울 수 있다"라는 점만을 강조하고, 어떤 학생이든지 "나에게 맞다"라는 생각이 들게 하는 홍보 방침을 취합니다.

이 점은 대학의 오픈 캠퍼스나 대학이 시행하는 입시 설명회 부스 등에서 대학 직원들에게 진학 상담을 받아 보면 잘 알 수 있습니다. 대학 직원은 자기 대학의 여러 장점을 말해주지만, 다른 대학과의 차이를 보여 주는 구체적인 근거는 들지 않습니다. 최종적으로는 "당신에게 잘 맞을 겁니다", "우리 대학에서는 뭐든지 배울 수 있어요"라면서, 다양한 지원 시스템만을 소개합니다. 설령 자기 말이 틀리는 한이 있어도 "당신은 우리 대학과는 맞지 않는 타입일지 몰라요"라고는 말하지 않습니다.

고교생들은 다른 대학과의 '차이'를 알아보고, 지원하고자 하는 대학의 수를 좁히기 위해 대학의 정보를 수집하거나 오픈 캠퍼스를 찾아갑니다. 하지만 대학 관계자들은 대학의 구체적인 실태를 말하면 말할수록 지원자의 폭이 좁아진다는 것을 알고 있기 때문에, 타 대학과의 차이에 대해서는 말을 얼버무립니다. 보통 기업 등의 홍보 담당자는 다양한 방법으로 경쟁 기업과의 차별화를 꾀하지만, 대학의 홍보 담당자는 때때로 전혀 차별화하고 싶지 않은 듯한 태도를 보입니다. 시험 삼아 5개 대학의 대학 안내서를 입수하여, 그 내용을 비교해 보십시오. 일반인의 눈에는 아마 70~80%의 내용이 거의 똑같아 보일 것입니다.

대학 관계자는 종종 "편차치만으로 대학을 선택하지 마세요. 내용으로 선택해 주세요"라고 말합니다. 하지만 "편차치 이외에는 선택할 수 없는" 상황을 만들고 있는 장본인은 바로 대학입니다. 대학의 이미지를 앞세우고, 지원 시스템의 형편을 우선시하는 대학의 입시 홍보 전략이 결국 불일치의 증가를 부추기고 있는 것입니다.

'간판뿐인 학부'도 존재한다

교육·연구의 수준이 높고 사회에서도 일정한 평가를 받는 학부, 내실 있는 학부는 '간판 학부'라고 불리지만, 대학 교육이 뒤죽박죽인 상태에서는 그 '이면'에 대해서도 생각하지 않을 수 없습니다. 그 이면에는 내실이 없거나 희박한 학부가 있습니다. 이것을 '간판 학부'와 대비시켜서 '간판뿐인 학부'라고 부르기로 하겠습니다.

"학생 모집이나 교육 수준의 향상을 위해 노력하는 관계자들이 있는데, 부실하다는 말은 실례"라고 생각하는 분도 계실 겁니다. 저 역시 제가 관여하는 학부가 그렇게 불리면 기분이 좋지 않을 것입니다. 하지만 고교생은 알아 두어야 할 필요가 있다고 생각합니다. 재밌어 보이는 캐치프레이즈나 컬러풀한 비주얼로 장식된 '간판뿐인 학부'도 있다는 것을-.

먼저 말씀드리면, 이 책에서는 "○○대학의 ○○학부는 부실합니다"라고 명시하지는 않습니다. 이 책의 목적은 그러한 지적을 하는데 있지 않습니다. 하지만 마케팅이나 교원 인사의 편의'만'으로 만들어져, 자퇴나 취직의 실태를 공개하지 않고, '세심한 지도指導'를 외치면서 실제로는 학생을 방치하고 있는 부실 학부나 부실 대학은 분명 존재합니다.

사실 진로 선택, 학부 선택의 어려움에 직면한 고교생이나 교육 관계자들에게는 '간판 학부'보다도 오히려 '간판뿐인 학부'의 정보가 더 중요할 것입니다. 하지만 어떤 사람에게는 가치 있는 학부이지만 다른 사람에게는 얻을 게 적은 학부인 경우도 있습니다. 그런 의미에서 이 책은 절대적인 참과 거짓을 가리는 기준을 제시하지 않습니다. "여기는 부실합니다"라고 겉만 보고 단정할 수도 없습니다. 그래서 이 책에서는 사회에서 높게 평가하는 '간판 학부'가 성립된 배경이나 특징을 살펴보고, '간판뿐인 학부'가 만들어지는 배경과 그것의 공통점에 대해서 생각해 보고자 합니다.

제2장

왜 여기가
'간판 학부'인가?
– 전통적인 간판

'간판 학부'란 무엇인가?

진로를 선택할 때는 '내용'의 차이를 아는 것이 중요합니다. 하지만 일반인들, 특히 고교생에게는 그 차이가 잘 보이지 않을 것입니다. 그래서 2장과 3장에서는 하나의 시점에서 '간판 학부·간판 학과'를 생각해 보고자 합니다.

특정 분야에서 뛰어난 인재를 많이 배출했거나, 대학에서 넌지시 '얼굴'로 삼고 있는 학부나 학과는 확실히 존재합니다. 세계적인 연구자를 많이 배출했거나, 특정 업계나 직종에 많은 전문가를 내보냈거나, 졸업생 중에 유명인이 많거나, 그 형태는 각양각색입니다. 그 분야에 종사하는 사람들로부터 "이 분야라면 A대학이 좋다"라거나, "B대학의 저 학부는 학생을 철저히 훈련시키니까 졸업생에 대한 평가가 높다"라고 알려진 학부가 바로 '간판 학부'입니다.

간판 학부에는 크게 두 가지 유형이 있습니다.

첫 번째는 역사와 전통이 있고, 오랜 시간에 걸쳐 많은 인재를 배출하여 결과적으로 간판 학부·간판 학과라고 널리 알려진 경우입니다. 가령 지금까지 많은 사법시험 합격자를 배출해 온 주오대학中央大學 법학부 같은 곳이 그런 예입니다.

두 번째는 앞으로 사회에서 활약할 수 있는 인재상을 상정하고, 그에 필요한 능력이나 교육 방식을 바탕으로 새롭게 신설되어 사회에 영향을 주고, 대학을 대표하는 간판 학부로 알려진 경우입니다. 향후의 '전망'을 근거로 한 간판 학부라고 할 수 있겠지요.

"아직 역사가 짧은 신설 학부를 간판 학부라고 부를 수 있나?"라는 의견도 있을 것입니다. 그런데 현재 대학 업계에서는 이 두 번째 패턴으로 새로운 간판을 만들려는 움직임이 매우 활발합니다(그래서 514종이나 되는 학부가 만들어집니다만~). 이 흐름을 무시할 수는 없습니다. 두 번째 패턴에 대해서는 다음 장에서 설명하겠습니다.

이러한 간판 학부는 우리가 각 대학의 차이나 각 학부의 특색을 생각할 때 여러 가지 힌트를 줍니다. "왜 이 학부는 간판이라 불리는 걸까?", "앞으로도 계속해서 간판이라고 불릴 수 있을까?", "만약 그렇다면 왜 그렇게 생각할 수 있을까?", "대학이 특정한 학부를 간판이라고 어필하는 이유는 뭘까?", "그 배경에는 무엇이 있을까?" 등등. 간판 학부의 배경을 앎으로써 우리는 대학의 과거와 현재, 그리고 미래에 대해 생각할 수 있게 됩니다.

장차 진로를 정할 고교생이나, 그들을 지도할 교사들에게도 간판 학부에 대한 정보는 의미가 있습니다. 대학은 '입학하면 끝'인 곳이 아니고, '졸업할 때까지 4년만' 다니는 곳도 아니며, 졸업하고 40년 이상이 지나도록 학생의 인생에 엄청난 영향을 끼치는 곳입니다. 그래서 역사적인 과정과 함께 좀더 장기적인 시각으로 학부·

학과에 대해 생각할 필요가 있습니다.

무엇이 간판인가?

일반적으로 '간판 학부'란 교육이나 연구 수준이 사회에서 높은 평가를 받고, 그 대학 안에서도 알아주는 학부를 가리키는 표현입니다.

'주오中央의 법', '게이오慶應의 경제', '와세다早稲田의 정경政經' 등이 유명한 사례입니다. 이들은 '법의 주오', '경제의 게이오', '정경의 와세다'와 같이 어순을 뒤집어도 세상 사람들이 납득할 정도로 지명도가 있어서 간판으로서의 지위가 확고합니다. 따라서 간판 학부는 대학의 평가를 높이고, 결과적으로 오늘날 대학 전체의 번영에 공헌한 존재들입니다.

하지만 그 학문 분야에서 1, 2위의 평가를 받을 정도의 사례는 별로 많지 않습니다. 대부분 "그 대학 안에서는 그 학부가 특히 유명"하다는 식으로, 대학의 이름을 세상에 알리는 데 한몫하고 있다면 간판 학부라고 불리곤 합니다.

그만큼 간판 학부는 관계자들에게 고마운 존재이지만, 의외로 대학이 적극적으로 '간판'이라고 선전하지는 않습니다. 어느 대학이든 좋으니 시험 삼아 대학 홍보 팸플릿이나 웹사이트를 찾아보십시오. 한 대학에 5~6개 학부가 있다고 하면, 그중에서 어느 학부가 간판 학부인지 외부인은 모를 것입니다. 대학은 "우리 대학의 5개 학부 중에서 제1의 간판 학부는 이 학부입니다"라고 말하지 않습니다. "다른 대학의 같은 학부와는 수준이 전혀 다릅니다"라는 식으로 말하지도 않습니다.

제1장에서도 말씀드렸듯이, 많은 대학은 여러 의미에서 '차별화'를 피하려 합니다. 대학이 개성을 너무 강하게 내세우면, 자칫 학생들이 "나랑 안 맞는 것 같다"라는 인상을 받아 지원하지 않을 수 있기 때문입니다. 대학은 이것을 제일 두려워합니다.

아울러 대학 특유의 사정이 있습니다. 대학은 학부와 학과의 집합체입니다. 이사장과 총장, 학장이라는 직함을 가진 경영 리더는 있지만, 각 학부 사이에는 서열이 없습니다. 체제상으로도 어디까지나 각 학부의 지위는 평등합니다. 사회적으로 경제학부의 평가가 아무리 높다고 하더라도 "우리 대학의 얼굴은 경제학부입니다"라고 대학이 공식적으로 표명할 수는 없습니다.

만약에 홍보 담당자가 이런 표현을 대학 안내서에 쓴다면, 학내에서 큰 문제가 됩니다. 곧장 교수회(대학 교원으로 구성되는 의결기관)의 의제가 될 것입니다.

"우리 대학에는 경제 외에도 4개의 학부가 있는데, 그것들은 대충 넘어갈 셈입니까! 다른 학부는 어떻게 되어도 상관없다는 것입니까!"

"다른 학부의 수험생이 줄어들면 어떻게 책임질 생각입니까!"

"경제학부가 우리 대학의 얼굴이라는 결론은 언제 정해진 거죠? 나는 그 논의에 참여하지 않았으니까 인정할 수 없습니다!"

이런 의견들이 속출할 것이고, 홍보 책임자와 경영진은 곤욕을 당할 것입니다. 농담이 아니라, 담당자가 사직을 요구받을 정도의 책임 문제가 될 수도 있습니다.

조직에 따라 차이는 있겠지만, 기본적으로 대학은 중요한 사항을 합의제로 결정합니다. 학교교육법에도 다음과 같은 조항이 있습니다.

제93조: 대학에는 중요 사항을 심의하기 위해 교수회를 두어야 한다.

요즘은 이 '중요 사항'의 범위를 넓게 해석하여, 무슨 일이든지 교수 회의에서 정하는 조직이 적지 않은 듯합니다. 제가 지금까지 들어 본 가장 극단적인 사례를 덧붙여 말씀드리겠습니다. 학과에 배정된 주차 공간을 정하기 위해서 그 학과의 교수들이 모두 모여서 몇 시간에 걸쳐 논의했다고 합니다. 정신없이 바쁜 교수들이 "나는 오랫동안 내 연구실과 가까운 이곳에 주차하고 있다. 다른 곳은 멀어서 불편하다"라는 의견을 내세우며 계속해서 논의하는 것입니다. 저라면 "그런 일은 직원들이 알아서 정해서 통보하면 되지"라고 생각할 테지만, "나는 그 논의에 참여하지 않았으니 그런 일방적인 결정은 인정할 수 없다!"라고 말하는 사람이 있기 때문에 만사가 그렇게 진행되는 것입니다.

다시 본론으로 돌아가면, 같은 조직의 멤버라고 해도 교수들은 소속된 학부와 학과별로 뭉치고 있습니다. 만약 본인이 소속된 학부가 인기가 없어 폐지된다면, 교수들은 모두 일자리를 잃을 수 있습니다. 그래서 '간판 학부', '얼굴', '우리 대학에서도 특히 평가가 높다'라는 식의 표현은 다른 학부나 학과의 교수들이 간과할 수 없는 '매우 중요한 사항'입니다.

기업이라면 잘 나가는 상품을 전면에 내세워 '선택과 집중'을 하는 것이 경영상 자연스러운 일이지만 대학은 사정이 다릅니다. (이러한 대학 조직의 특징은 나중에 살펴볼 '간판뿐인 학부'가 생겨나는 이유와도 밀접하게 연관되어 있습니다) 결과적으로 홍보 담당자는 모든 학부를 평등하고 공평하게, 차이를 느끼지 않도록 선전하게 됩니다. 그런데 이러한 방침이 대학 전체의 경영을 위태롭게 하는 결과로 이어지는 경우도 많을 것입니다.

그렇다면 앞서 소개한 3개 대학의 간판 학부들이 대학 홈페이지에 어떻게 소개되고 있는지 살펴봅시다.

- 법학부는 '영국법률학교英吉利法律學校' 창립 이래로 120년에 걸친 역사와 전통을 지닌 학부입니다. 지금까지 법조계를 비롯하여 관계官界, 정계政界, 실업계實業界 등에 뛰어난 인재를 다수 배출해 왔습니다. 전통을 계승하는 한편, 사회 변화와 대학 교육에 대한 수요에 대응하기 위해 교육 내용과 방법을 끊임없이 개혁하고 있습니다.

    – 주오대학中央大學 홈페이지, 법학부 〈학부개요〉 중에서

- 게이오기주쿠대학慶應大學 경제학부는 일본에서 역사가 가장 오래된 경제학부입니다. 게이오기주쿠慶應義塾의 창설자 후쿠자와 유키치福澤諭吉는 1868년(慶應4) 우에노창의대上野彰義隊의 전투가 한창일 때, 그 포성 소리를 들으면서 학생들과 함께 새로운 경제학을 공부했습니다. 또한 이 학부의 전신인 대학부大學部 이재과理財科는 일본 최초의 경제학 전공 학부로, 1890년(明治23)에 개설되었습니다.

  – 게이오기주쿠대학 홈페이지, 경제학부 〈학부장 인사말〉 중에서

- 와세다대학早稻田大學은 1882년(明治15)에 도쿄전문학교東京專門學校로 창설되었습니다. 정치경제학부는 당시의 정치경제학과를 모태로 하고 있고, 정치학과와 경제학과로 이루어져 있습니다. 이처럼 정치학과와 경제학과가 같은 학부에 속해 있는 것은, 일본은 물론이고 전 세계적으로도 흔치 않은 일입니다.

  – 와세다대학 홈페이지, 정치경제학부 〈학부장 인사말〉 중에서

이 소개문들의 공통점은 '대학 안에서의 위상'에 대한 언급이 없다는 점입니다. 솔직히 말해서 다른 학부의 소개문과 비교했을 때, 아무런 차이도 느낄 수 없습니다. 그저 일본을 대표하는 간판 학부라고 하기에는 너무나도 소극적인 표현입니다. 위의 소개문들은 학부 홈페이지에 마련된 학부 소개 페이지에 실려 있지만, 대학 전체를 소개하는 글에는 특정 학부를 선전하는 표현이 없습니다. 이렇

듯 일본을 대표하는 3곳의 학부마저 평등하게 다루어집니다.

이러한 평등주의에 예외가 있다면, 학부의 신설이나 재편·개칭 등과 같이 조직에 큰 변화가 있을 때일 것입니다. 그때만큼은 신설 학부가 특별한 대접을 받으면서 전면적으로 홍보되기도 합니다. 하지만 이는 학부를 신설한 사실을 세상에 알리는 목적에서 이루어지기 때문에, '간판'으로 취급하는 것과는 의미가 다릅니다. 학부가 신설되고 2년이 지나면 특별 대접은 없어집니다.

역사와 전통으로 만들어지는 간판 학부

지금부터는 간판 학부에 대해서 구체적으로 살펴보고자 합니다. 앞에서 간판 학부에는 두 가지 패턴이 있다고 하였습니다. 하나는 현재까지의 축적된 결과로 생긴 것이고, 다른 하나는 앞으로의 전망에 따라 생겨난 것입니다. 이 장에서는 전자를 소개하겠습니다.

사실 '간판 학부'라는 말을 들으면, 여러분의 머릿속에 제일 먼저 '역사가 있는 학부'가 떠오를 것입니다. 간판으로 불리는 학부 중에는, 학원 설립의 기원이면서 조직의 여명기부터 존재한 경우가 적지 않습니다.

현재는 수많은 학생을 보유하고 있는 유명 대학도 창립된 지 얼마 안 됐을 때는 매우 작고 연약한 존재였습니다. 특히 사립대학이 그렇습니다. 경영상의 문제도 산더미처럼 쌓여 있었고, 사회적 지명도도 낮았으며, 학생 모집에도 어려움을 겪는 학교가 대부분이었다고 합니다. 불운하게도 학생을 모집하지 못해 폐교가 된 학교나, 간판이 될 수 없었던 학부도 일본 고등교육 역사에서는 얼마든지 존재했습니다.

그런 혼란 속에서도 우수한 학생을 많이 모아 학교의 중심이 되었다면, 그 전공 분야에는 사회로부터 지지받을 만한 이유가 분명히 있었을 것입니다.

사립대학의 사례로 이 점을 확인해 봅시다.

메이지明治 시대의 명문 사학私學

메이지明治 시대에는 현재 유력한 대학들 대부분이 이미 학생을 모아 교육하고 있었습니다. 다만 1918년의 〈대학령大學令 공포〉 때까지는 '대학'이라 칭하고 학위를 줄 수 있는 대학은 원칙적으로 도쿄대학東京大學 및 이후의 제국대학들뿐이었기 때문에, 사립대학들은 모두 (구제舊制의) 전문학교 취급을 받았습니다. '관학(국립, 공립)' 학교들, 특히 나라의 중요 기관으로 선정되어 압도적인 권세를 누렸던 제국대학과 비교하면, 사립대학은 사회적인 지원도 적고 경영의 어려움도 겪었던 것 같습니다.

그럼에도 불구하고 이 학교들은 평판을 쌓으며, 당시에도 이미 지금과 같은 평가를 받기 시작하였습니다. 그중에서도 일찍부터 설립되어 평판을 쌓아 나간 학교는 후쿠자와 유키치福澤諭吉가 창설한 '게이오기주쿠慶應義塾'입니다. 후쿠자와는 24세 때 오가타 고한緒方洪庵의 '데키즈쿠適塾'에서 공부했습니다. '데키즈쿠'는 원래 의학과 의료를 가르치는 학교였는데, '란가쿠蘭學'라고 하는 해외의 최신 학문과 접할 수 있는 곳이기도 했고, 생리학과 의학 이외에도 물리학과 화학 등도 가르쳤던 것 같습니다. 거기에서 배운 후쿠자와가 25세에 에도江戸 쓰키지築地 뎃포우즈鐵砲洲의 나카츠번中津藩 나카야시키中屋敷 안에 개설한 란가쿠학원蘭學塾(5년 후에 '영어학원英學塾'으로 바꿈)이 '게이오기주쿠'의 기원입니다.

메이지유신 이후 영어를 공부하고 싶어 하는 젊은이들이 '게이오기주쿠'에 쇄도했습니다. 1890년에는 전문학교로서, 문학·이재理財·법률의 3개 학부를 설치했습니다. '이재'는 economics, 즉 지금의 경제학을 가리킵니다. 현재의 문학부, 경제학부, 법학부는 여기에서 시작되었습니다.

1877년 메이지 정부가 일본 최초의 근대 종합대학인 '도쿄대학'을 설립했을 때, 학부는 '법학부·이학부·문학부·의학부'의 총 4개로 구성되었습니다. 게이오慶應의 경제학부는 현재 "일본 최초 경제학 전공 학부"라고 홈페이지에서 선전하고 있듯이, 그 당시 경제학을 배우려는 학생은 게이오기주쿠로 향했던 것입니다.

"문벌 제도는 부모의 원수"라는 말을 남긴 만큼 봉건사회의 신분 제도에 의문을 품고 "독립자존獨立自尊"을 외친 후쿠자와는 '실학實學'을 새로운 학원塾의 교육 방침으로 삼았습니다. 후쿠자와는 '실

〈1900년 무렵까지의 유력한 사립학교(전문학교)〉

당시의 명칭	현재의 명칭	설립연도
게이오기주쿠(慶應義塾)	게이오기주쿠대학(慶應義塾大學)	1858
성공회릿쿄학교(聖公會立敎學校)	릿쿄대학(立敎大學)	1874
도시샤영학교(同志社英學校)	도시샤대학(同志社大學)	1875
니쇼가쿠샤(二松學舍)	니쇼가쿠샤대학(二松學舍大學)	1877
도쿄법학사(東京法學社; 和佛法律學校)	호세이대학(法政大學)	1880
센슈학교(專修學校)	센슈대학(專修大學)	1880
메이지법률학교(明治法律學校)	메이지대학(明治大學)	1881
도쿄전문학교(東京專門學校)	와세다대학(早稻田大學)	1882
고쿠가쿠인(國學院)	고쿠가쿠인대학(國學院大學)	1882
고가쿠칸(皇學館)	고가쿠칸대학(皇學館大學)	1882
영국법률학교(英吉利法律學校)	주오대학(中央大學)	1885
간사이법률학교(關西法律學校)	간사이대학(關西大學)	1886
철학관(哲學館)	도요대학(東洋大學)	1887
일본법률학교(日本法律學校)	니혼대학(日本大學)	1889
여자영학숙(女子英學塾)	츠다주쿠대학(津田塾大學)	1900
대만협회학교(臺灣協會學校)	타쿠쇼쿠대학(拓殖大學)	1900
교토법정학교(京都法政學校)	리츠메이칸대학(立命館大學)	1900

학'이라는 말 위에 '사이언스'라는 뜻을 달아 두었는데, 이는 '당장 쓸모있는 학문'이라는 의미보다 오히려 오늘날 말하는 '과학'을 공부하고 실제로 그것을 활용할 수 있게끔 배우라는 의도였던 것 같습니다. 이런 방침으로 설립된 게이오는 현재까지도 산업계에 우수한 인재를 셀 수 없이 내보냈는데, 특히 기업 경영자나 금융 전문가를 배출하는 데 있어서 다른 대학의 추종을 불허합니다. 어렵기로 유명한 공인회계사 합격 실적도 '36년간 연속 1위'라는 압도적 기

록을 보이고 있습니다.

학원의 초창기부터 역사를 함께한 학부는 창립자의 이념을 그대로 체현한 경우도 흔히 있습니다. 게이오대학의 경제학부가 그런 사례입니다.

법률학교가 법학부를 간판으로 하는 종합대학으로

도쿄東京나 긴키近畿와 같은 도심부의 유명 대학 중에는 법학부를 간판으로 하는 대학이 적지 않습니다. 서양의 법 제도를 참고하여 일본에서도 대언인代言人(변호사)의 자격 제도가 발족된 것은 1876년입니다. 그 후 형법 등의 근대법이 제정되고, 자격 시험이 엄격해지면서 대언인에게 필요한 교육을 실시하는 학교가 잇따라 생겨났습니다.

아까 소개한 표의 17개 학교 중에서 법학 교육을 내걸고 창립된 학교는 실로 8곳이나 됩니다. 그 수요가 높았음을 엿볼 수 있습니다. 그 8개 대학은 호세이대학法政大學, 센슈대학專修大學, 메이지대학明治大學, 와세다대학早稻田大學, 주오대학中央大學, 간사이대학關西大學, 니혼대학日本大學, 리즈메이칸대학立命館大學입니다. 그 후 종합대학의 길을 간 이 대학들은 모두 처음에는 변호사가 되기를 희망하는 학생들이 모이는 학교였습니다. 그리고 현재까지도 법학부로 유명한 대학들입니다.

메이지법률학교明治法律學校(지금의 메이지대학)와 도쿄법학사東京法學社(지금의 호세이대학)는 프랑스법을, 센슈학교專修學校(지금의 센슈대학)와 영국법률학교英吉利法律學校(지금의 주오대학)는 영미법을 중심으로 교육하는 학교였습니다. 이들 4개 대학에 도쿄전문학교東京專門學校(지금의 와세다대학)를 더한 5개 학교는 '5대 법률학교'로서, 당시의 도쿄부東京府로부터 특별 허가를 받거나, 연합회를 결성하고 토론회를 실시하는 등 교육 수준이 높은 법학계 사학으로 널리 알려졌던 것 같습니다.

다만 이 5개 학교 중에서도 도쿄전문학교는 이색적이어서, 통계상으로는 법학계로 분류되었습니다. 하지만 도쿄전문학교는 처음부터 정치경제학과나 이학과를 갖추어 종합대학으로서의 교육 기관을 지향했습니다. 다만 당시의 정변으로 하야한 오오쿠마 시게노부大隈重信의 학교라는 사실 때문에 정부에서는 반체제적인 정치 학교로 보는 시각도 있었던 것 같습니다. 실제로 그 후에 정치경제학부를 중심으로 정치 문제에 관심을 가진 젊은이들이 많이 모여들었습니다. 현재까지 이어지는 와세다의 재야정신在野精神, 반골정신反骨精神은 학교가 설립된 지 얼마 안 된 무렵부터 이미 발휘되었던 것 같습니다.

한편 센슈학교는 1893년에 지원자 감소로 인해 법률과를 폐지하게 되었는데, 법률과와 함께 설치되었던 이재과理財科(경제과)로 중심을 옮겨 경제학 중심의 학교로 발전하게 되었습니다.

개성적인 교육 내용을 내걸고 출발한 사학私學도

이처럼 사립대학 중에는 법학계 학교로 시작한 대학이 적지 않은데, 한편 독자적인 교육을 전개하여 유명해진 대학도 있습니다. 예를 들면, 고쿠가쿠인대학國學院大學, 니쇼가쿠샤대학二松學舍大學, 도요대학東洋大學, 도쿄이과대학東京理科大學 등이 해당됩니다.

고쿠가쿠인國學院(지금의 고쿠가쿠인대학)은 1882년에 신도神道 연구·교육 기관으로 설립된 황전강구소皇典講究所가 학생을 교육하기 위해서 설립한 학교입니다. 또한 황전강구소는 외국의 법 이론을 참고하면서 "일본의 법률을 중심으로 연구한다"라는 취지로 일본법률학교日本法律學校(지금의 니혼대학)를 설립하기도 했습니다. 이 두 학교는 뿌리를 공유하는 자매학교로 볼 수 있습니다. 고쿠가쿠인대학은 현재 고가쿠칸대학皇學館大學과 함께 일본에 두 군데 밖에 없는 '신도문화학부'가 있는 대학이며, 이 학부에서는 신직神職(신도 성직자) 양성 과정을 개설한 것으로 알려져 있습니다. 또한 많은 교원을 배출하는 등, 일본문학과와 사학과를 비롯한 문학부 교육으로 인정받는 학교입니다.

니쇼가쿠사二松學舍(지금의 니쇼가쿠사대학)는 한학자로서 대심원大審院 판사 등을 역임한 미시마 츄슈三島中洲가 일본 고유의 유교 도덕 확립을 지향하며 설립한 한학학원漢學塾입니다. 나츠메 소세키夏目漱石도 이 학교에서 배운 적이 있었고, 당시에 사법성법학교司法省法學校나 육군사관학교陸軍士官學校의 시험에서 한문을 사용했던 관계로 많은 사법관과 군관軍官들도 이 학교에 다니곤 했습니다.

철학관哲學館(지금의 도요대학)은 도쿄대학 철학과를 졸업한 이노우에 엔료井上圓了가 "만학의 기초는 철학에 있다"를 건학 이념으로 내세우면서 설립한 철학 전문학교입니다. 당시에 불교계나 기독교계 등의 종교계 학교에서는 철학 교육을 하고 있었지만, 비종교계 학교에서는 도쿄대학을 제외하면 철학 교육을 시행하는 학교가 철학관밖에 없어서 철학에 뜻을 둔 학생들이 많이 모였던 것 같습니다.

그 당시는 특히 서양 문명이 왕성하게 도입된 시대였기 때문에 정신과 문화의 중요성을 호소하면서 학교를 설립한 교육자들이 있었습니다.

앞의 표에는 넣지 않았지만, 이색적인 것은 1881년에 '도쿄물리학강습소東京物理學講習所'로 설립된 도쿄물리학교東京物理學校(현재의 도쿄이과대학東京理科大學)입니다. 당시의 도쿄대학 이학부理學部에는 프랑스어로 물리학을 배우는 '불어물리학과'가 있었는데, 도쿄대학의 물리학 교육이 영어로 통일되면서 불어물리학과는 3년 만에 폐과되었습니다. 그러자 이 불어물리학과에서 배운 학생들이 물리학 보급을 내걸고 설립한 학교가 바로 도쿄물리학교입니다. 도쿄물리학교는 이후에 전문학교의 인가를 받는데, 당시에 자연과학을 교육하는 학교는 아주 드물었습니다.

도요대학은 지금도 '철학'을 기치로 내걸고서, 철학을 전문적으로 배우는 학과를 문학부 안에 3개나 두고 있습니다. 니쇼학사대학도 문학부로 특히 높은 평가를 받는 대학입니다. 이 학교들은 뛰어난 교수를 학교 현장에 보냄으로써 그 평가를 확고히 다져 왔습니다. 고쿠가쿠인대학과 도쿄이과대학도 그렇습니다.

지금까지 역사가 긴 사립대학의 몇몇 사례를 소개했습니다. 이 사립대학들이 걸어온 길은 결코 평탄치만은 않았던 것 같습니다. 이 학교들 중에서는 한때 학생이 모이지 않아서 다른 학교와의 통폐합을 검토한 학교도 적지 않습니다. 사실 과거에 이 학교들과 같은 수의 학생을 모집했던 메이지 시기의 학교 중에는 현재 남아 있지 않은 학교도 있습니다. 실제로 메이지시대의 신문을 보면, 이 학교들이 빈번하게 학생 모집 광고를 게재했던 것을 알 수 있습니다.

이 대학들은 뛰어난 법률가나 정치가, 교육자 등을 계속해서 배출시킴으로써 여명기의 곤경을 극복할 수 있었습니다. 그 수많은 졸업생들이 현재의 간판 학부, 나아가서는 대학 전체의 평가를 끌어올린 것입니다.

국립대학의 유래와 간판 학부

국립대학의 여명기에도 눈을 돌려 봅시다.

국가를 지탱하는 유일한 고등교육기관으로 메이지의 여명기에 설립된 도쿄대학東京大學은 지금도 각 방면에 많은 리더와 인재를 배출하며 종합대학으로서의 역할을 다하고 있습니다. 한편 각 지역에 존재하는 국립대학 중에는 장대한 사명을 짊어지고 설립된 학교들도 적지 않습니다.

아래의 학교들은 모두 국립대학입니다. 1부터 4까지의 그룹이 각각 무엇을 의미하는지 눈치채셨나요?

1 홋카이도대학北海道大學, 도호쿠대학東北大學, 도쿄대학東京大學, 나고야대학名古屋大學, 교토대학京都大學, 오사카대학大阪大學, 규슈대학九州大學

2 지바대학千葉大學, 도쿄공업대학東京工業大學, 히토츠바시대학一橋大學, 니이가타대학新潟大學, 가나자와대학金澤大學, 고베대학神戶大學, 오카야마대학岡山大學, 히로시마대학廣島大學, 나가사키대학長崎大學, 구마모토대학熊本大學, 츠쿠바대학筑波大學

3 지바대학, 니이가타대학, 가나자와대학, 오카야마대학, 나가사키대학, 구마모토대학

4 히로사키대학弘前大學, 군마대학群馬大學, 도쿄의과치과대학東京醫科齒科大學, 신슈대학信州大學, 돗토리대학鳥取大學, 히로시마대학廣島大學, 도쿠시마대학德島大學, 가고시마대학鹿兒島大學

첫 번째 그룹은 이른바 '구제국대학舊帝國大學'입니다. 사실 지금도 '중앙 관청의 관료 양성기관'이라는 이미지가 강하게 남아 있지만, 도쿄대학 같은 제국대학들은 원래부터 "국가를 지탱하는 우수한 인재"를 창출하는 최고 학부로 자리매김되고 있었습니다. 그리

고 오늘날에도 모든 학문에서 압도적인 존재감을 지니면서 각 지역의 학문적 리더로 군림하고 있습니다.

제2차 세계대전이 끝날 때까지만 해도 도쿄대학 외에 2개의 제국대학이 더 있었습니다. 지금의 서울에 설립되었던 경성제국대학京城帝國大學과 타이페이臺北에 설립되었던 타이페이제국대학臺北帝國大學입니다. 이른바 '외지外地'에 설립된 대학으로, 제2차 세계대전이 끝난 후에는 각각 한국과 대만이 접수하여 서울대학교와 대만대학으로 이어지고 있습니다.

두 번째 그룹은 약간 어렵습니다. 이것은 '구관립舊官立 11개 대학' 등으로 불리는 대학들입니다. 구舊 제국대학을 제외하고 제2차 세계대전 이전부터 관립官立, 즉 국립대학으로 존재했던 유서 깊은 대학들입니다.

세 번째 그룹은 그 11개 관립대학 중에서도 '구舊 6개 의과대학'으로 불리는 의학계를 모태로 한 대학들입니다. 제2차 세계대전 이전부터 각 지역의 의료를 중점적으로 맡아 온 관립 의과대학으로 설립된 대학입니다.

참고로 11개 관립대학은 다음과 같이 분류하면 그 개성이 금방 보입니다. 이 대학들은 구舊 제국대학에 비해 담당하는 학문 분야가 명확하다는 특징을 갖고 있습니다.

〈교육〉
• 도쿄문리과대학東京文理科大學(1929년 설립. 도쿄교육대학東京教育大學을

거처 지금의 츠쿠바대학筑波大學)

- 히로시마문리과대학廣島文理科大學(1929년 설립. 지금의 히로시마대학 廣島大學)

〈상업〉

- 도쿄상과대학東京商科大學(1920년 설립. 지금의 히토츠바시대학一橋大學)
- 고베상업대학神戸商業大學(1929년 설립. 지금의 고베대학神戸大學)

〈공업기술〉

- 도쿄공업대학東京工業大學(1929년 설립)

〈의학〉

- 니이가타의과대학新潟醫科大學(1922년 설립. 지금의 니이가타대학新潟大學)
- 오카야마의과대학岡山醫科大學(1922년 설립. 지금의 오카야마대학岡山大學)
- 지바의과대학千葉醫科大學(1923년 설립. 지금의 치바대학千葉大學)
- 가나자와의과대학金澤醫科大學(1923년 설립. 지금의 가나자와대학金澤大學)
- 나가사키의과대학長崎醫科大學(1923년 설립. 지금의 나가사키대학長崎大學)
- 구마모토의과대학熊本醫科大學(1929년 설립. 지금의 구마모토대학熊本大學)

이 대학들은 각 분야를 중점적으로 교육하고 연구하기 위해 설립되었습니다. 예를 들어 교육이라면 도쿄문리과대학과 히로시마 문리과대학이 최고의 권위를 자랑합니다. 일찍이 고등사범학교였던 대학이기 때문입니다. 두 대학의 졸업생들은 '교원을 양성하는 교원'으로서 전국 각지의 발전에 진력한 것입니다.

마지막으로 앞에서 소개한 세 번째 그룹인 '구舊 6개 의과대학'이 '신新 8개 의과대학'으로 불리는 그룹입니다. 제2차 세계대전이 일어나기 전에는 '구제舊制·관립官立 의학전문학교'였던 학교가 2차 세계대전 후에 대학으로 승격된 학교입니다.

'의학전문학교'는 태평양전쟁의 전전戰前·전중戰中의 구舊 학제에서 의사를 양성하는 학교 중 하나였습니다. '의학전문학교'가 대학의 의학부나 의과대학과 다른 점은 예비 교육(구제舊制 고등학교, 대학예과)을 거치지 않고 구제舊制 중학 졸업으로 전문 교육을 받았다는 것입니다. 의사가 부족한 전시戰時 상황에서 좋은 의사를 배출하기 위한 교육기관으로 기능했기 때문입니다.

현재는 많은 국립대학이 학부를 확충하여 지역의 종합대학으로 발전하고 있습니다. 그 때문에 졸업생이 아닌 한 이러한 설립 경위를 의식하는 일은 별로 없습니다. 하지만 일본 지도상에서 이 국립대학들의 위치만 살펴보아도, 당시의 정부가 일본 전체의 근대화와 그것을 위한 인재 양성을 염두에 두고 전략적·계획적으로 국립 교육기관을 설치했음을 알 수 있습니다.

국립대학에서도 설립 당시의 목적으로 인해 훗날 '간판 학부'로 이어지는 경우를 종종 볼 수 있습니다. 히로시마대학 및 츠쿠바대학의 교육학부, 지바대학 등 구舊 6개 의과대학의 의학부, 히토츠바시대학 및 고베대학의 상경학부商經學部 등은 전국적으로 유명한 명문 학부로 알려져 있습니다. 이 대학들이 사립대학과 다른 점은 시장의 수요가 아닌 '국가의 인재 정책'에서 태어났다는 것입니다.

그러나 지금까지 소개한 네 그룹의 분류 방식이 공식적인 것은 아닙니다. 하지만 여러 측면에서 이 '서열'이 드러나기도 합니다. 그 사례 중 하나가 과학연구비科研費의 배분입니다. 매년 과학연구비를 취득한 연구자의 소속 대학을 분석해 보면, 위에서부터 거의 구舊 제국대학, 구舊 관립 11개 대학, 구舊 6개 의과대학, 신新 8개 의과대학 순으로 나열됩니다. 대형 연구가 많이 이루어지는 연구 체제 등을 살펴보아도 역사가 있는 국립대학은 일본 안에서 여전히 큰 존재감을 가지고 있음을 알 수 있습니다.

희귀해서 간판으로 인식되어 온 학부

릿쿄대학立教大學의 관광학부는 일본에서 관광학 교육의 선구자입니다. 관광학이라는 학문 자체가 세계적으로는 나름 알려진 분야지만, 일본의 4년제 대학에서 관광학을 전문적으로 배울 수 있는 학과는 한동안 릿쿄대학밖에 없었습니다. 이로 인해 릿쿄대학은 "관광하면 릿쿄"라는 평가를 받아왔습니다.

이와 같이 오랫동안 "거기서밖에 배울 수 없다", "희귀하다"라는 이유로 유일Only One했던 학부가 역사 속에서 특정한 업계에 많은 졸업생을 내보내고, '간판 학부'로 불리게 된 사례가 일본에는 더러 있습니다.

'도서관 정보학'도 그런 예입니다. 이 학문도 관광학과 마찬가지로, 세계적으로는 주류이지만 일본에서는 학부·학과 단위에서 전공 교육을 하는 곳은 츠쿠바대학 정보학군情報學群 지식정보知識情報·도서관학류圖書館學類나 게이오기주쿠대학 문학부, 아이치슈쿠토쿠대학愛知淑德大學 인간정보학부 등으로 한정되어 있습니다. 그중에서도 츠쿠바대학은 이 학문을 전문적으로 다루는 '도서관 정보 대학'을 통합한 적이 있어서, 이 분야에서는 특히 잘 알려져 있습니다.

이밖에 국립대학에서도 주목할 만한 사례를 많이 찾아볼 수 있습니다. 일본 최대 규모의 종합대학인 도쿄대학은 현재 '이理·공工·의醫·약藥·농農·법法·문文·경經·교육·교양'의 10개 학부로 구성되어 있습니다. 국가를 견인한다는 취지에서 거의 모든 학술 분야를 포괄하며 확장해 온 도쿄대학이지만, 그런 도쿄대학에도 없는 독특한 학부를 가진 국립대학을 종종 볼 수 있습니다. 그 대학들이 하나같이 '간판 학부'로 내세우는 몇몇 학부를 소개하겠습니다.

● 희소한 수의학부

수의학부獸醫學部가 있는 대학은 드뭅니다. 전국적으로 홋카이도대학北海道大學, 낙농학원대학酪農學園大學, 아자부대학麻布大學, 일본수의생명과학대학日本獸醫生命科學大學, 기타사토대학北里大學까지의 5개 대학이 있고, 야마구치대학山口大學과 가고시마대학鹿兒島大學에 있는

'공동수의학부'뿐입니다. 그 외에도 축산학부에 수의학 과정을 둔 오비히로축산대학帶廣畜産大學 등 수의학부라는 명칭은 아니지만 수의사 양성 과정을 운영하는 대학은 모두 16개 학교가 됩니다. 그래도 모든 대학을 합친 입시 정원은 1,000명도 안 됩니다.

그중에서도 특히 지명도가 높은 곳은 홋카이도대학의 수의학부입니다. 1987년부터 1993년에 걸쳐 연재되었던 인기 만화『동물들의 의사선생님動物のお医者さん』이 홋카이도대학 수의학부를 모티브로 하여 화제가 되었습니다. 이 만화로 인해 시베리안 허스키의 인기가 폭발했는데, 동시에 홋카이도대학 수의학부의 지원자 수도 급증했다고 합니다. 역시 만화의 영향력을 무시할 수 없을 것 같습니다. 도쿄대학에도 농학부 수의학 과정이 있지만 고교생들은 홋카이도대학을 더 선호하는 듯합니다. 아마도 고교생들이 보기에는 홋카이도대학의 학부 명칭이 '수의獸醫'에 대한 더 강한 인상을 주는 듯합니다.

수의사라는 말을 들으면 동네에 있는 '동물병원'을 떠올리거나 애완동물을 치료하는 전문가를 상상하는 분이 많겠지만, 실제로 동물병원에서 일하는 '소동물 임상수의사'의 전국적인 비율은 40% 미만입니다. 축산 현장에서 소나 닭과 같은 산업동물을 다루는 '산업동물 임상수의사'도 있고, 공무원이 되어 감염증 예방이나 식품·환경위생 관련 업무를 담당하기도 하며, 공항이나 항구 등에서 검역 등을 담당하는 '행정 수의사'까지 진로는 다양합니다. 식품회사나 제약회사 등에서 연구 개발이나 동물 관리에 종사하는 사람도 있습니다. 고교생들은 여기까지는 잘 모를 수도 있습니다. 그러나 최근에 '광우병'이라는 이름으로 알려진 BSE나 지금도 종종 보도되는 조류 독감 등 수의학부의 연구 성과를 살릴 수 있는 문제도 잇따라 일어나고 있어, 수의사가 활약할 분야는 앞으로도 늘어날 것으로 보입니다.

홋카이도대학의 수의학부가 간판 학부로 발전해 온 배경에는 아마 축산 농가가 많다는 지역적 특성도 있을 것입니다. 홋카이도대학에는 다른 대학에서는 보기 드문 수산학부水産學部가 있어서, 이 또한 수의학부와 같은 이유로 이 대학의 '간판 학부'라 할 수 있습니다.

● 두 학교에만 있는 국립 체육학부

사립대학에서는 스포츠와 관련된 학부를 쉽게 발견할 수 있지만, 국립대학에 속한 스포츠 관련 학부는 츠쿠바대학筑波大學의 체육전문학군體育專門學群과 가노야체육대학鹿屋體育大學, 두 학교뿐입니다. 츠쿠바대학은 앞서 소개한 지식정보·도서관 분류에 이어서 보기 드문 교육 과정을 운영하고 있습니다.

대부분의 국립대학은 교육학부에 보건체육 전공을 마련해, 체육과의 교원 양성을 포함한 체육학 교육을 실시하고 있습니다. 따라서 체육이나 스포츠에 관심이 있는 고교생을 받아 주는 곳으로는 이쪽이 널리 알려져 있습니다. 이에 대해 츠쿠바대학과 가노야체육대학은 스포츠 그 자체를 연구 대상으로 삼는 '스포츠학'을 학부 단위로 다루고 있는 점이 특징입니다.

이 때문에 유명한 스포츠 선수들이 많이 입학하는 것도 두 대학의 독특한 점입니다. 가령 축구를 예로 들면, 츠쿠바대학은 이하라 마사미井原正巳 씨(현재 가시와 레이솔 헤드코치)나 나카야마 마사시中山雅史 선수를 비롯하여 현재까지 수많은 J리그 선수들을 배출한 것으로도 알려져 있습니다. 일본 여자축구 국가대표팀 '나데시코 재팬'의 안도 코즈에安藤梢 선수나 쿠마가이 사키熊谷紗希 선수 등도 츠쿠바대학에서 배웠습니다. 가노야체육대학에서는 최근 아테네 올림픽 경영競泳 선수로 금메달을 딴 시바타 아이柴田亞衣 씨가 유명합니다. 두 대학 모두 올림픽 국가대표나 메달리스트를 비롯하여 다양한 경기에서 일본을 대표하는 선수를 배출하고 있습니다.

● 보기 드문 학부를 많이 보유하고 있는 지바대학千葉大學

제2차 세계대전 이전부터 존재했던 구제舊制 지바의과대학千葉醫科大學을 비롯해 역사가 있는 학교들을 통합해서 오늘에 이른 것이 바로 지바대학입니다. 그래서인지 지바대학 내에서 역사가 긴 의학부는 간토關東 지방에서의 입시 난이도 역시 도쿄대학 다음으로 높은 평가를 받고 있습니다.

의학부 외에도 지바대학이 설립되는 과정에서 통합된 학교에는 독특한 학과가 많았고, 그 학과들을 보유하고 있는 것이 이 대학의 개성입니다.

'원예학부園藝學部'는 국립대학 중에서 유일합니다. 원예학부는 생물학·식물학·조원학造園學 등을 다루는 학부입니다. 또 인문과학적·사회과학적인 관점에 더해 종합적으로는 꽃과 관상식물·야채·과수 등의 다양한 식물을 다루는 학부로서 농학부와는 또 다른 관점으로 음식이나 식물에 대한 교육 및 연구를 하고 있습니다. 지바현千葉縣 마츠도시松戸市에 독자적인 캠퍼스를 두고 있기 때문에, 학생 1인당 재배 실습용 토지(!)가 제공됩니다. 이 분야에 뜻을 둔 학생들에게는 꿈같은 혜택을 받는 환경이라고 할 수 있습니다. 조원造園은 '경관 디자인landscape design'이라고도 하고, 전 세계적으로 보면 주류 전공 중 하나입니다. 그러나 일본에서 조원을 전문적으로 가르치는 학부·학과는 지바대학 등 극소수의 대학에 한정되어 있습니다.

간호학부도 국립대학에서 독립된 학부로 존재하는 것은 의외로 지바대학뿐입니다. 다른 국립대학에서는 의학부 안에 '간호학과'를 병설하는 것이 일반적입니다. 간호학에 대한 지바대학의 열의가 엿보입니다.

또한 공학부는 제2차 세계대전 이전부터 공업디자인에 대한 교육을 실시했던 몇 안 되는 학교 중 하나인 도쿄고등공예학교東京工藝學校를 모태로 하고 있습니다. 지바대학은 현재까지도 디자인학과나 화상과학과畵像科學科, 정보화상학과情報畵像學科 등 희귀한 학과를 개설하고 있습니다. 이를 통해 소니Sony에서 워크맨 개발 프로젝트

의 리더를 맡았던 공업디자이너 구로키 야스오黑木靖夫 씨나 사진 작가인 아라키アラーキー(본명은 아라키 노부요시荒木經惟) 등 진귀한 인재들을 배출하고 있습니다.

그리고 이학부는 전국에서 선구적으로 '월반 입학飛び入学(고등학교 2학년을 마치고 대학에 입학할 수 있는 제도)'을 도입해 화제가 되었습니다.

그렇다면 지바대학에는 왜 이렇게 진귀한 학부가 많은 걸까요? 지바대학에 존재하는 특이한 학부·학과들은 역사적인 경유로 태어났다고 볼 수 있습니다. 결국에는 이러한 점이 현재 여타의 국립대학과 다른 지바대학만의 개성이 된 듯합니다. 앞에서 소개한 지바대학의 학부들은 하나같이 '간판'으로 반짝이는 존재들입니다.

● 소재에 관한 높은 연구 수준으로 유명한 신슈대학信州大學의 섬유학부

막부시대 말기, 개항 후에는 비단絹이 일본의 중요한 수출품이었다는 사실을 역사 시간에 배우셨을 것입니다. 메이지 이후 일본의 근대화를 추진하는 데 양잠업養蠶業, 제사업製絲業은 중요한 기간산업으로 자리매김되었고, 식산흥업의 하나가 되었습니다.

신슈信州³ 지역도 일본 유수의 생사生絲 생산지였습니다. 이러한 지역 사정이 있다 보니, 신슈대학은 국립, 공립, 사립을 통틀어 유

일하게 '섬유학부'를 보유하고 있습니다.

이 지역의 양잠업 자체는 화학섬유 등의 발전으로 쇠퇴했지만, 감성공학이나 기계공학, 응용화학, 생물기능과학과 같은 다양한 연구를 공학부와 다른 관점에서 현재까지 진행하고 있습니다. 나노섬유의 논문 수로 세계 랭킹 5위(1995~2006년)를 기록하는 등, 특히 물질·소재에 관한 연구 성과에서는 기초부터 첨단에 이르기까지 높은 평가를 받고 있습니다.

또한 신슈대학과 더불어 도쿄농공대학東京農工大學과 교토공예섬유대학京都工藝纖維大學에도 과거에는 섬유학부가 있었습니다. 이 3개 학교는 구제舊制 섬유전문학교로 출발했기 때문에 '3대 섬유대학'이라고 총칭되고, 지금까지도 계속 교류하고 있습니다.

● '광산학부'를 개칭한 아키타대학秋田大學 공학자원학부

신슈대학의 섬유학부도 그렇지만 각지의 국립대학에는 그 지역의 산업을 뒷받침한다는 사명 하에 발전을 이룬 독특한 학부가 지금까지 남아 있습니다.

아키타대학秋田大學의 공학자원학부工學資源學部도 그런 학부 중 하나입니다. 1998년까지 이곳은 '광산학부'라는 이름으로 알려져 있었습니다. 과거에 이 학부는 채광학과採鑛學科, 광산지질학과鑛山地質

---

3   신슈(信州)는 '나가노현(長野縣)'의 옛 이름이다.

學科, 야금학과冶金學科 등의 학과를 보유하고 있었는데, 아키타현秋田縣에서 풍부한 지하광물 자원이 발견되는 사건이 그 발단이 되었습니다. 그때부터 광산 개발에 종사하는 기술자를 양성하기 위해 아키타현과 광산 회사의 기부를 받아 1910년에 설립된 구제舊制 아키타광산전문학교秋田鑛山專門學校가 아키타대학 공학자원학부의 전신입니다.

이 학교는 일본에서 유일한 관립 광산전문학교이면서 동시에 아키타현 최초의 고등교육기관이어서, 아키타현 내의 존재감도 매우 컸던 것 같습니다. 한때는 단과의 광산대학으로 승격시키자는 운동도 일어났던 것 같은데, 결과적으로는 '아키타대학'이라는 종합대학의 한 학부로 자리 잡았습니다. 현재도 공학자원학부 안에는 보기 드문 '지구자원학과'가 존재합니다.

대규모 광산이나 정련소를 운용하기 위해서는 광산에 관한 다양한 기술과 과학 지식은 물론이고, 광석을 나르기 위한 운반·교통 인프라, 그곳에서 일하는 사람들을 위한 생활 환경 등을 정비하는 기술도 문제가 됩니다. 광산 운영은 다양한 기술을 통합하는 시스템 공학의 측면을 지니고 있습니다. 따라서 광산학부에서 이루어지는 교육·연구의 성과는 광산에 한정되지 않고, 여러 측면에서 앞으로도 필요한 것입니다. 이런 의도 때문에라도 '광산'이라는 간판을 내리고 '공학자원'이라는 새로운 명칭을 만든 것 같습니다.

이 공학자원학부 및 대학원의 공학자원학연구과工學資源學研究科는 현재 중국과 말레이시아, 베트남 등에서 109명의 유학생을 모집하고 있습니다(2011년 5월 현재). 이것은 아키타대학이 모집하는 전체 유학생 중 무려 90%를 차지합니다. 광산 개발에 주력하고 있는 나라의 많은 학생들이 아키타대학의 교육·연구 성과를 찾고, 아키타대학으로 모여들고 있는 것입니다. 이러한 정보만 보아도 '간판 학부'로서의 영향력이 느껴집니다.

● 바다의 전문가

도쿄에는 바다에 관한 전문가를 육성하는 두 대학이 있었습니다. 우수한 항해사와 기관사를 배출하는 도쿄상선대학東京商船大學과 해양 자원을 종합적으로 다루는 도쿄수산대학東京水産大學입니다.

두 대학 모두 120년 가까운 역사를 자랑합니다. 그리고 이 두 대학을 통합하여 2003년에는 도쿄해양대학東京海洋大學이 새롭게 출발했습니다. 옛 도쿄상선대학은 '해양공학부'가 되었고, 옛 도쿄수산대학이 '해양과학부'가 되었습니다.

미나토구港區와 고토구江東區에 있는 각 캠퍼스는 전철로 30분 정도밖에 안 되는 거리로, 교육에 있어서 상승 효과를 생각해도 최선의 궁합입니다. 지금까지 다른 길을 걸어 왔다고 하더라도 두 대학의 통합은 시간 문제였습니다. 각종 시설을 공유하고, 사무 조직을 통합하는 등 여러 과정이 있었지만, 수험생들에게 "바다를 아주 좋아하는 사람들을 위한 대학"이라는 인상을 어렵지 않게 심어줄 수 있었던 것도 커다란 이점이 되지 않았나 싶습니다.

바다의 종합대학답게 도쿄해양대학은 두 학부 모두 6척의 연습선함船艦을 소유하고 있고, 이 선함들을 학생의 실습 등에 이용하고 있습니다.

지금까지 국립대학 가운데 몇몇 진귀한 학부를 소개했습니다. 이외에도 아직 소개하지 못한 국립대학의 독특한 '간판 학부'들이 있습니다.

물론 사립대학에도 '유일한Only One' 학부는 존재합니다. 아니, 넘쳐나고 있습니다. 제1장에서 소개해 드린 것처럼 일본에서 단 하나뿐인 학부 명칭은 284개나 되며, 그중에서 256개는 사립대학의 학부입니다.

"여기서밖에 배울 수 없는 내용을 학부를 만들어서 제공하면 흥미를 가진 수험생은 모두 우리 대학에 응시하러 올 것이다"라는 발상에서 이렇게 많은 학부가 만들어졌습니다. 그 결과는 제1장에서 말한 바와 같습니다. 물론 그 가치로는 유일한Only One 학부를 무시할 수 없습니다만, 희소성이 높은 학부를 사립대학에 만드는 경우는 오히려 '간판뿐인 학부'가 생겨나는 원인이 될 수 있다고 생각합니다. 이 점에 대해서는 제4장에서 서술하겠습니다.

아울러 사립대학에서 일찌감치 개설되어, 현재 일본 사회에 물음표를 던지고 있는 새로운 '간판 학부'에 대해서는 제3장 및 제5장에서 다루고자 합니다.

왜 여기가
간판 학부인가?

– 기대되는 간판

필요한 인재를 기르자는 역발상으로 탄생한
미래의 간판 학부

제2장에서 말씀드린 것처럼, 간판 학부에는 두 종류가 있습니다. 첫 번째는 역사와 전통 속에서 오랫동안 많은 인재를 배출하여 결과적으로 '간판 학부·간판 학과'로 알려진 경우입니다. 이러한 경우는 과거의 축적으로 생긴 간판 학부입니다. 두 번째는 미래 사회의 인재상을 바탕으로 새롭게 만들어진 신설 학부입니다. 이 학부는 미래 사회의 인재상에 맞는 학생을 기르기 위해 처음부터 새로운 교육 방식을 도입합니다. 또 이러한 특징이 미디어에 노출되어 주목받은 경우입니다. 후자를 간판 학부라고 불러도 되는가에 대해서는 의견이 갈라질 수 있습니다. 다만 고교생과 일반인이 '주목할 만한 학부'라고 보고 듣는 대부분은 사실 이러한 경우입니다.

올해 대학이 새롭게 개설한 학부를 살펴봅시다. 그 속에는 10년 후, 20년 후를 내다보며 계획한 각 대학의 교육 방식과 향후 경영 전략 등이 반영되어 있습니다. 이 새로운 간판 학부를 통해 우리는 대학이 무엇을 생각하고 있는지를 읽어낼 수 있습니다. 미디어도 이들을 앞다투어 주목하는 만큼, 미래의 간판 학부가 사회에도 꽤 영향을 주는 존재인 것도 사실입니다.

그렇다면 대학 업계에서는 대체 무슨 일이 일어나고 있는 걸까요? 새로운 간판 학부에 대해 몇 가지 사례를 소개하면서 최근의 움직임을 살펴보도록 합시다.

게이오기주쿠대학慶應義塾大學 SFC의 영향

최근 20년 동안의 대학의 동향을 살펴보려 하면, 게이오기주쿠대학이 1990년에 개설한 종합정책학부와 환경정보학부를 반드시 다루게 됩니다. 이 학부가 개설된 게이오기주쿠대학의 쇼난후지사와湘南藤澤 캠퍼스는 머리글자를 따서 'SFC'로 표현되는 경우가 많습니다. 이 두 학부는 이수 제한과 같은 상호 간의 장벽이 거의 없기 때문에, 학생들 역시 "나는 SFC의 학생이다"라고 의식하는 듯합니다.

SFC는 필기시험뿐만 아니라 다면적인 학생 평가로 합격 여부를 결정합니다. 또한 AOAdmissions Office입시, 인터넷 환경을 전제로 한 교육, 학생에 의한 수업 평가 등으로 이후에 다른 대학이 참조한 사례도 많고, 대학 개혁의 상징으로 불리기도 했습니다. 학부의 이름 앞쪽에 독자적인 명칭을 붙여 '네 글자 학부'라고도 불리는 신설 학부의 붐 역시 SFC의 2개 학부로부터 적지 않은 영향을 받았다고 볼 수 있습니다. SFC는 지금도 독특한 커리큘럼이나 기풍으로 게이오기주쿠대학 내 여타의 학부와 약간 다르게 인식되는 것 같습니다.

SFC의 가장 큰 특징은 4년간의 공부에 대한 시각입니다. 대학에서 가르치는 학문은 보통 경제학, 법학, 공학과 같이 특정한 전문 분야로 나눠집니다. 이를 영어로는 'discipline'이라고 표현합니다. 이러한 각각의 학문 분야들은 오랜 역사 속에서 기초부터 응용까지 하나의 거대한 산처럼 전문적인 체계를 축적해 왔으며, 그 대부분은 국제적으로도 통용되는 방식입니다. 예를 들면 취득한 학위에 'economics'라는 전공명이 표기되어 있으면, 어느 나라의 대학을 졸업해도 경제학을 공부했다는 사실이 전달됩니다. 각각의 discipline은 기초부터 전문 분야를 탐구해 나가는 순서가 통례적인데, 그 과정을 어느 정도 이수한 상태에서 임하는 것이 졸업 연구 등으로 대표되는 연구 활동입니다. 실제로 학부·학과의 명칭이 그것을 나타내고 있습니다.

이에 대해 SFC는 사회의 다양한 문제들을 발견하고 해결해 나가는 과정에서, 학생 한 사람 한 사람이 학문을 편성한다는 '지知의 재편성'을 내세웠습니다. 이는 학생이 1~2년 차부터 자신의 연구 주제를 찾아서 연구 활동에 힘쓰고, 그것을 해결하기 위해 필요한 지知를 스스로 취사선택하여 이수하는 커리큘럼입니다. 즉, 기초부터 쌓아 올린 후에 최종 성과물로 연구를 완성하는 일반적인 대학의 커리큘럼과는 순서가 뒤바뀐 셈입니다. 그렇기에 어학이나 컴퓨터

기술도 SFC에서는 학생의 연구를 진행하기 위한 '도구'가 됩니다.

　SFC는 개설된 지 22년이 지나 학문을 편성하는 가이드로서 몇 가지 연구 영역을 제시하는 등 여러 측면에서 개선되고 있습니다. 하지만 앞서 소개한 것처럼 교육에 대한 기본적인 시각에는 변함이 없습니다. 사실 종합정책학, 정보환경학 등의 학문 분야를 명확하게 정의할 수는 없습니다. 이러한 학문은 SFC를 구성하는 교원들과 학생들이 만들어 갑니다. 그 배경에는 구태의연한 기존의 학문과 그 학문이 실제로 사회 문제를 해결하는 데 충분히 대응하지 못한다는 관계자들의 목소리가 있었던 것 같습니다. 즉, SFC는 '학부·학과'라는 시스템 자체에 대한 도전입니다.

　SFC의 2개 학부는 처음부터 지금까지 '학제계학부學際系學部'라고 불립니다. '종합○○학부', '정보○○학부' 등의 명칭은 '4글자 학부'라고 불리고, 이러한 사례가 다른 대학에도 알려지면서 하나의 유행을 만들었습니다. 다만 SFC의 교육 스타일은 국제적으로 '학제적'이라고 여겨지는 discipline 제도와는 또 다릅니다.

　SFC는 어학을 중시하는 교육이나 독특한 기풍을 가진 점 등이 유사하다고 해서 종종 국제기독교대학國際基督敎大學(ICU)과 비교되기도 합니다. 하지만 ICU가 '국제 기준'을 의식하고 교육 기법으로 확립된 미국의 리버럴아츠 칼리지 방식을 철저히 실천하는 대학인 데 반해, SFC는 세계 표준에서 벗어난 실험캠퍼스입니다. 어느 쪽이 좋다는 것이 아니라, 두 대학은 학문에 대한 생각이 근본적으로 다릅니다. SFC의 다양한 시스템을 자기들 나름대로 원용해서 받아들인 대학은 많지만, 학문에 대한 관점에 있어서 SFC는 아직도 특수한 존재로 여겨집니다.

SFC의 평가는 최근 20년 동안 계속해서 변화해 왔습니다. SFC 졸업생들은 처음에 기업에서 아주 높게 평가되어 전면적으로 환영받았지만, 간혹 "건방지다", "쓰기 어렵다", "금방 그만둔다" 같은 목소리도 들려옵니다. 입시 난이도도 편차치로 보면 예전과 같지 않습니다. 이러한 변화를 주관지에서는 '인기 없음', '쇠락'이라고 쓰는 경향도 있는 것 같습니다. 다만 SFC 관계자들은 주관지의 평가에 거의 신경 쓰지 않습니다. 원래 SFC는 일본 사회를 바꾸는 교육을 위해 만들어진 곳이어서, 구태의연한 기존의 조직 문화에 적합할 리가 없습니다. 사실 "그럴 필요도 없다"라고 생각하는 구석도 있는 것 같습니다. 전문 분야에 약하다는 결점을 지적 받는 경우도 있지만, 정보 산업이나 벤처 기업가와 같이 각계에서 활약하는 저명 인사를 많이 배출한다는 점에서 "SFC는 이런 점이 좋다"라고 생각하는 학생들이 많은 것도 사실입니다.

부언하자면 SFC에서 시작된 AO입시를 많은 대학에서 도입하고 있지만, 그 효과에 대해서는 찬반 양론이 있습니다. AO입시로 입학한 학생이 활약하고 있는 대학과, 도리어 낙오자가 되는 대학으로 나뉘는 것 같습니다. 그 이유는 각양각색이겠지만, 실패한 대학 중에는 AO지원 이유서나 면접, 프레젠테이션 등으로 합격 여부를 결정하는 SFC의 방식을 거의 그대로 답습하고 있는 사례도 보입니다.

앞에서 본 바와 같이 SFC의 커리큘럼이나 교육 방식은 독특해서, SFC의 AO입시 역시 그것을 전제로 하고 있습니다. SFC에서 AO입시생이 입학 후에 가장 성적이 높은 것도 그 때문입니다. 이와 같이 입학 후에 행해질 교육의 연속성을 생각하지 않고, 단지 SFC의 입시 방식만을 도입한다고 해서 반드시 성공하리라는 보장은 없습니다. 이러한 사례는 AO입시뿐만이 아닙니다. 대학 업계에서는 "라이벌 ○○대학이 성공했으니까"라는 이유로 다른 대학의 성공 사례를 그대로 받아들이는 경향도 보입니다. 그런데 대부분은 앙꼬 없는 찐빵인 경우가 많습니다.

SFC는 "간판학부는 대학이 스스로 만들어서 이름을 알리는 것"이라는 발상을 업계에 가져온 최초의 사례이기도 합니다. 하지만 이러한 발상으로 '간판뿐인 학부'가 산더미처럼 불어난 일면이 있을지도 모르겠습니다.

미국의 리버럴 아츠 교육

최근에 눈길을 끄는 것은 '교양'이라는 두 글자가 들어간 학부가 늘어나는 현상입니다. '교양'이라고 하면, 예전에 많은 국립대학에 설치되었다가 나중에 폐지된 교양학부나, 그중에서 현재도 남아 있는 도쿄대학 교양학부 등을 떠올리는 분도 계실 것입니다.

지금 대학 업계는 미국에서 일반적으로 행해지고 있는 리버럴 아츠 교육을 학부 단위에 도입하는 움직임이 유행입니다. 사실 유행이라기보다는 이제 대학 교육을 개혁하는 하나의 흐름으로 보는 게 맞을지도 모르겠습니다.

'리버럴 아츠 교육'이란, 간단히 말하면 전문 분야를 좁게 배우는 것이 아니라 여러 분야를 배우는 가운데 넓은 시야와 종합적인 식견을 기르는 교육 방식입니다. 그 기원은 고대 그리스·로마의 학술 기관에서 가르쳤던 '자유 7과(문법, 수사학, 변증법, 산술, 기하, 천문, 음악)'까지 거슬러 올라갑니다.

일본 내 교양학부의 움직임을 다루기 전에 미국의 대학 교육에 대해 간단히 설명 드리겠습니다. 청교도가 아메리카 대륙에 상륙하면서부터 아메리카에서는 시민을 선도하는 지도자를 양성하는 일이 커다란 과제였습니다. 그 일을 위해 상륙한지 불과 16년 후에 하버드 칼리지(하버드대학)가 설립됩니다. 하버드 칼리지에서는 모든 문제를 종합적으로 판단하고 폭넓은 시야로 논의하고 결단할 수 있게끔 자유 7과를 참고로 한 교육을 실시했습니다. 지금도 미국의 많은 대학에서는 학사과정을 일본의 대학처럼 '학부'로 나누지 않는 것이 일반적입니다(공과 계열 등의 예외도 있습니다). 먼저 리버럴 아츠 교육을 제대로 받은 후, 대학원 단계에서 법률이나 의료 등의 전문 분야를 깊게 공부하는 것이 미국의 고등교육 방식입니다.

리버럴 아츠는 단순히 '아무거나 공부하기'가 아닙니다. 체계적인 이수 단계도 존재합니다. 미국의 대학에서는 과목마다 부여된 번호로 그 단계를 나타냅니다. 초년 차 학생을 대상으로 한 과목에는 '101', '102' 등의 번호가 부여되고, 과목 단계가 전문적일수록 200번 대, 300번 대 번호로 올라가는 방식입니다. 예컨대 '소립자 물리학 321'을 이수하려면 '물리학 입문 101'과 같은 단위를 먼저 이수해야 하는 식입니다. 일본의 많은 전문 학과의 커리큘럼은 대학 측이 미리 이수 단계를 짜서 만들고 있는데, 리버럴 아츠 교육에서는 위와 같은 방식으로 운영하고 있습니다. 이러한 시스템 때문에 다른 대학으로의 편입 등도 일본보다 수월하게 이루어지고 있습니다.

이수 상황에 따라 주전공인 'Major', 부전공인 'Minor'와 전공을 2가지 선택하는 'Double Major' 등을 인정하는 시스템을 만듦으로써, 자유로우면서도 체계적인 discipline을 학생들이 몸에 익힐 수 있도록 배려하고 있습니다.

무엇보다도 읽고 쓰는 힘을 몸에 익히는 것이 가장 중요하다는 생각에서, 미국의 대학생들이 맨 처음 이수하는 것은 'English 101'입니다. 이상한 문장을 쓰지는 않는가, 논리가 어긋나고 있지 않은가 등을 철저하게 검증받습니다. 일본이라면 '일본어 표현 101'이라는 식이 되겠지만, 안타깝게도 일본의 대학에서는 아직 이에 준하는 교육이 철저하게 이루어지고 있다고 볼 수 없습니다. 일본 대학생의 학력 저하에 대해 언급할 때, "일본어로 표현하는 힘"의 결여를 맨 먼저 거론하는 경우가 많지만, 그에 상응하는 교육이 철저하게 이루어지고 있지 않다는 느낌도 듭니다.

미국의 대학 교육이 가진 특징은 적은 인원으로 수업이 이루어지는 점, 그리고 선생이 학생의 발언을 촉구하는 쌍방향 형태로 진행된다는 점입니다. 수업을 통해 지식을 주입하기보다는 가치관이 상이한 타자와 의견을 나누면서 이해를 심화시킨다는 점에 중점을 두기 때문입니다.

대학의 홈페이지에는 '선생 1인당 배정되는 학생 수'가 나와 있거나, '20명 이하로 진행하는 수업의 비율' 등이 홍보되고 있습니다. 또 하버드대학과 같은 명문대학에는 선생 1인당 배정되는 학생 수가 한 자리 수인 곳도 있습니다.

여담이지만 '선생 1인당 배정되는 학생 수'의 숫자만 보면, 일본에서도 국립대학과 같은 대학은 그에 뒤지지 않습니다. 그러나 그것이 "쌍방향의 대화식 수업"인가 하면 반드시 그렇지도 않습니다. 사립학교에 비해 많은 연구자를 보유하고 있고 각 전공의 학생 정원도 적기 때문에, 결과적으로는 이 숫자가 작아지고 있을 뿐이지 종래와 같이 일방적인 강의 방식이 대부분인 대학도 많습니다. 그렇기 때문에 단순히 숫자만 보고 판단하는 것은 위험합니다.

미국과 일본의 대학생에게 나타나는 독서량의 차이도 흔히 지적됩니다. 4년 동안 읽는 책의 양이 일본의 대학생은 100권이라면, 미국은 400권 정도라고 합니다. 큰 차이가 나는 이유 중 하나는 앞에서 언급한 수업 진행 방식 때문입니다. 미국의 대학 수업에서는 예습과 함께 대량의 독서 과제reading assignment를 주기 때문에, 결과적으로 많은 책을 읽게 되는 것 같습니다. 그렇지 않으면 책을 읽지 않는 학생도 있겠지요. 미국의 대학을 졸업한 대학교수 몇 사람에게 학창 시절에 대해 물어 본 적이 있는데, 하나같이 "악몽 같았다", "수업 때문에 잠잘 시간도 없을 정도로 책을 읽어야만 했다", "대학 시절로 두번 다시 돌아가고 싶지 않다"라고 말하고 있었습니다. 일본에서 "대학 시절로 돌아가고 싶다"라고 말하는 사람이 많은 것과는 대조적입니다.

일본에서의 대학 수업은 예습을 하지 않은 상태로 기초부터 지식을 주입하기 위한 시간입니다. 하지만 미국에서는 학생이 이러한 독서 과제를 다 수행한 후에 수업에 참여하므로, 토론이 이루어질 수 있습니다. 실은 일본에서도 제도상으로는 15시간 수업에 한해 30시간의 자습을 한다는 전제를 기준으로 인정하고 있지만, 형해화된 상태입니다.

이수한 과목의 성적을 점수화하여 학생의 이수 지도와 연동시키는 'GPA 제도'가 들어오면서, 일본에서도 성적을 GPA의 숫자로 표현하는 대학은 늘어나고 있습니다. 미국에서는 GPA 숫자가 일정 수준에 미치지 못하면 다음 학기의 이수 과목 수가 제한되고, 반대로 우수하면 보다 많은 과목을 이수할 수 있게 하는 등 GPA 제도를 철저하게 시행하고 있습니다.

이와 같이 미국의 리버럴 아츠 교육은 지도자 양성이라는 목적하에 다양한 시스템을 조합해서 만들어졌습니다. 이러한 리버럴 아츠 교육을 단순히 '교양'으로 번역하는 것은 부적절하다는 소리도 들립니다. 리버럴 아츠 교육은 '자유학예'라는 하나의 체계적인 discipline이라는 것입니다. 확실히 대다수의 일본인이 떠올리는 '교양'이라는 말로 리버럴 아츠 교육을 번역한다면 오해의 소지가 있을지도 모르겠습니다.

일본에서도 확산될까? 리버럴 아츠계 학부

일본에서 일찍부터 미국식 리버럴 아츠 교육을 실시해 온 대학 중 하나는 1953년에 개교한 국제기독교대학國際基督敎大學(ICU)입니다. 또한 도시샤대학同志社大學의 니이지마 조新島襄, 츠다주쿠대학津田塾大學의 츠다 우메코津田梅子와 같이 학교의 창립자가 미국의 리버럴 아츠 칼리지 출신인 대학은 리버럴 아츠 교육의 이념이나 생각을 수용하고 주축으로 삼는 경우가 많습니다.

도쿄대학을 제외하고, 전문교육 과정 이전에 기초 교육을 폭넓게 실시한 조직은 일본에서 여러 사정으로 인해 뒤처져 왔습니다. 거기에는 응용적·실용적 교육을 기대하는 산업계의 목소리가 있었을 것입니다.

그러나 최근에는 이러한 교육 방식이 "지금이야말로 필요하다"라는 생각에서 리버럴 아츠 교육을 학부 조직으로 편성하는 대학이 다시 늘어나고 있습니다. 2004년에 아키타현립秋田縣立의 국제교양대학國際敎養大學은 국제교양학부를 단일 학부 체제로 개교하였습니다. 같은 해에 와세다대학早稻田大學은 국제교양학부를 신설했습니다. 비교문화학부를 가지고 있던 미야자키국제대학宮崎國際大學과 조치대학上智大學 역시 각각 2005년과 2006년에 국제교양학부로 개칭했습니다. 2007년에는 오비린대학櫻美林大學이 문학부, 경제학부, 국제학부를 통합하는 형식으로 '리버럴 아츠 학군學群'을 설치했고, 2009년에는 도쿄여자대학東京女子大學이 문리학부, 현대문화학부를 통합·재편하여 현대교양학부를 설치했으며, 같은 해에 데즈카야마가쿠인대학帝塚山學院大學도 문학부를 개편해서 리버럴 아츠계 학부를 만들었습니다.

　이 대학들의 공통점은 기존의 전문교육이 아니라 넓은 식견을 갖추게 하는 리버럴 아츠 교육 환경을 하나같이 내걸었다는 점입니다. 그리고 그 요소로서 토론과 쌍방향 수업, 소인원 교육 등을 중시하고 있습니다. 비록 학부 이름에는 '교양'과 같은 단어를 사용하지 않아도, 이념이나 내용에서 리버럴 아츠 형태를 띠는 사례까지 포함하면 그 숫자는 더 커집니다.

　그렇다면 지금까지의 교육 형태가 변화하는 흐름은 어떻게 일어난 것일까요?

　첫째는 산업계가 대학에 기대하는 교육이 시대에 따라 변화했다는 점을 들 수 있습니다. 일본경제단체연합회日本經濟團體聯合會(경단련經團聯)가 회원 기업들을 대상으로 2010년에 실시한 설문 조사에 따르면, "대학생을 채용할 때 중시하는 소질·태도나 지식·능력이 무엇인가"라는 질문에는 제1위부터 순서대로 주체성, 소통 능력, 실행력, 팀워크·협조성協調性, 과제 해결 능력으로 답변이 이어졌습니다. 한편 '전문과정의 깊은 지식'이라는 답변은 11번째 순위에 위치했습니다.

이공계의 기술직과 같이 예외의 경우도 있지만, 기업은 전문적인 지식이나 기술보다 가능하면 소통 능력이나 타자와 토론하는 능력, 팀원들과 함께 과제를 해결하는 힘을 대학에서 훈련받기를 기대하는 것입니다. 이것은 다른 각종 조사에서도 나타나는 경향입니다. 이러한 목소리가 리버럴 아츠계 학부에는 순풍이 되었습니다.

또 하나의 요인은 앞선 국제교양대학과 와세다대학 국제교양학부의 영향력이 컸다는 점입니다. SFC의 사례도 그렇지만 대학 관계자는 라이벌 대학이나 유명 대학이 실시한 정책이 좋은 평가를 받으면, 자기 대학에도 받아들이는 자세를 가지고 있습니다. 좋게 말하면 이러한 자세는 연구를 열심히 진행하고 유연하다고 볼 수 있지만, 나쁘게 말하면 '요코나라비(남이 하면 나도 따라 하기 좋아하고 남이 안 하는 것은 꺼려함–옮긴이)' 체질입니다. 국제교양대학은 글로벌화에 대한 대응이라는 점에서도, 소수 정원의 리버럴 아츠 교육이라는 점에서도 개교 이전부터 평판이 좋았고 실제로 많은 지원자가 몰려들었습니다. 와세다대학 국제교양학부도 기존 학부와 아주 다르고 대담한 커리큘럼으로 환경을 변화시켜 "저 와세다가?"라는 충격을 주었습니다. 조치대학 비교문화학부처럼 긴 역사를 가진 학부까지 '국제교양학부'로 개칭한 것은 상징적인 변화로 볼 수 있습니다.

어쨌든 이와 같은 '교양', '리버럴 아츠'라는 이념에 매력을 느끼거나, 본질적인 실용성, 경쟁력을 느낀 고등학생들이 늘어나고 있는 듯합니다. 그리고 이러한 현상이 일본의 대학 교육 전체에도 적지 않은 영향을 주고 있는 것은 분명합니다. 리버럴 아츠 교육의 보급을 원하는 입장에서는 이러한 흐름에 기대하지 않을 수 없습니다.

하지만 앞에서 말한 바와 같이, 미국의 대학에는 긴 역사 속에서 쌓아 올린 면밀한 제도와 교육 시스템이 있습니다. 단지 '교양'이라는 간판만 내걸고 유연한 커리큘럼을 도입했다고 해서, 같은 수준의 교육을 제공할 수 있는 것은 아닙니다. 소수 정원이라고 해도 반드시 쌍방향의 교육이 이루어진다고 보장할 수는 없습니다. 간판을 바꾸고 팸플릿에 미사여구를 나열하는 것은 간단하지만, 리버럴 아츠 교육을 뒷받침하기 위한 교육 환경을 정비하기까지는 여전히 많은 과제가 남아 있다고 생각됩니다.

한 대학에 하나씩은 국제계國際系 학부?

국제교양대학은 개교한 지 10년도 안 되었지만 공립대학다운 저렴한 학비와 입시 제도로 입시 난이도가 구舊 제국대학 수준으로 상승했습니다. 와세다대학의 국제교양학부도 "와세다의 새로운 간판"이라고 불릴 정도로 인기를 얻고 있습니다. 산업계의 평가도 아주 좋아서, 리버럴 아츠 학부는 인기가 있다고 할 수 있습니다.

다만 이 학부들은 보시다시피 '국제'라는 컨셉을 내세우고 있습니다. 실제로 두 대학의 평가는 '글로벌화 사회에의 대응'이라는 점에 맞춰져 있는 부분도 큽니다. 그래서 리버럴 아츠 교육의 측면과 국제적 환경에서의 교육이라는 측면은 나눠서 분석하는 것이 좋을 것 같습니다.

국제교양대학과 와세다대학 국제교양학부의 컨셉에서 대학계와 산업계에 가장 큰 영향을 준 것은 '영어로 배우는' 환경을 철저히 한 점과 1년간의 유학이 필수라는 점이었습니다. 두 곳 모두 대부분의 수업을 영어로 실시하고 있습니다. 어학 과목은 물론이고 전문성이 높은 교육도 영어로 수업합니다. 종래의 영어 교육이 "영어를 배우는" 것이었던 데 반해 "영어로 배우기"라는 컨셉은 획기적입니다. 이 두 곳에서는 영어 능력을 중시한 입시가 시행되고 있기 때문에 원래 영어를 못하는 학생은 입학할 수 없습니다. 따라서 이곳에서 학생들은 영어 능력을 더욱 훈련받을 수 있게 됩니다.

영어로 교육받을 수 있는 환경이 갖추어지면 유학생 수용도 진척됩니다. 와세다대학 국제교양학부에서는 입학자의 30% 정도가 50개국에서 온 유학생입니다. 게다가 매년 200~250명의 교환 유학생이 세계 각국에서 몰려듭니다. 전체적으로 2,800명 정도의 학생을 보유하는 학부이기 때문에 와세다대학 내에서도 국제교양학부는 하나의 커다란 세력을 형성하고 있습니다. 캠퍼스의 분위기에 주는 영향도 큰 것 같습니다. 국제교양대학은 전체적으로 800명 정도의 소규모 대학이지만, 20여 개국에서 100~200명 정도의 유학생이 오고 있어서 유학생 비율이 크다는 게 눈에 띕니다.

이와 같은 교육 환경을 바탕으로 1년간의 유학을 떠나는 것입니다. 일본에서 해외 대학으로 유학가는 학생은 2004년 82,945명을 정점으로 계속 감소하여 2009년에는 59,923명까지 떨어졌습니다. 글로벌 인재 육성의 목소리가 높아지는 가운데, 해외로 유학을 가는 학생들은 도리어 줄어들고 있는 실정입니다. "대학생들이 밖으로 뛰쳐 나가지 않게 되었다", "젊은이들의 내향적 자세다"라는 우려의 목소리도 적지 않습니다. 그래서 유학을 입학 필수 조건으로 내세운 두 대학의 자세를 산업계에서는 높이 평가하고 있습니다. 단순히 영어에 강해서만이 아니라 낯선 환경과 다양한 가치관 속에서 단련된 학생들의 씩씩함에 대한 기대감도 있어서겠지요.

2000년에 오이타현大分縣 벳푸시別府市에 개교한 리츠메이칸立命館 아시아태평양대학APU도 이런 점에서 기업들에게 높은 평가를 받고 있습니다. 전 세계의 90여 개 국가 및 지역에서 온 유학생들이 학생의 절반을 차지하고, 선생의 약 절반도 외국 국적자로 이루어져 다문화·다언어 환경을 가진 APU는 "이것이야말로 글로벌화 사회의 인재를 양성하는 대학"이라고 주목을 받았습니다. 결코 교통편이 좋다고 할 수 없는 입지인데도, 일본을 대표하는 대기업을 비롯한 많은 기업의 인사 담당자들은 채용을 위해 이 학교의 캠퍼스를 찾습니다. 이 사실은 학생이 다문화 환경 속에서 몸에 익힌 대응력과 판단력, 국제 감각, 씩씩한 태도에 대한 기대가 크다는 것을 보여 주고 있습니다.

귀국 자녀가 태반을 차지했던 조치대학 비교문화학부 등 일부 학부에서만 시행할 수 있었던 '국제' 환경이 APU나 국제교양대학, 와세다대학 등을 통해 현재 대학 업계 일대의 조류가 되어가고 있습니다. 앞에서 본 '국제교양학부'의 증가를 포함하여 최근 10여 년간 주요 대학에서는 다음과 같은 국제계 대학·학부가 새롭게 탄생하고 있습니다.

2000년 리츠메이칸 아시아태평양대학

2004년 국제교양대학

2004년 와세다대학 국제교양학부

2005년 요코하마시립대학 국제종합과학부

2006년 고마자와대학駒澤大學 글로벌 미디어 스타디스학부

2007년 다마대학多摩大學 글로벌스타디스학부

2008년 호세이대학法政大學 글로벌교양학부

2008년 메이지대학明治大學 국제일본학부

2008년 릿쿄대학立教大學 이문화 커뮤니케이션학부

2008년 주쿄대학中京大學 국제교양학부

2010년 간세이가쿠인대학關西學院大學 국제학부

2011년 도시샤대학同志社大學 글로벌 커뮤니케이션학부
2011년 무사시노대학武藏野大學 글로벌 커뮤니케이션학부

기존에도 '국제학부'나 '국제관계학부'가 신설되는 사례는 있었
지만, 앞에서 소개한 최근의 국제계 학부를 살펴보면 다음과 같은
공통점이 나타납니다.

- 대학 교육을 받을 수 있는 수준으로 영어 능력 단련(일부 전문 과
  목을 영어로 실시)
- 유학생을 적극 수용
- 해외 유학의 적극적 전개

와세다대학 국제교양학부와 같은 선행 사례를 본 많은 대학들도
국제적 학부의 사회적 수요가 앞으로 점점 높아질 것을 알아차리
고 "우리 학교도 이 시대의 흐름에 뒤질 수 없다"라고 생각하지 않
았을까요?

제4장

'간판뿐인 학부'는
이렇게 태어난다

간판을 만들고 싶다!

"사회에서 주목받는 학부, 수험생들이 모이는 학과를 만들고 싶다." 오늘날 지원자 확보를 가장 중요한 과제로 삼는 대학의 비원悲願입니다. 저출산 시대에 대학이 처한 상황은 제1장에서 서술한 바와 같습니다. 대학은 한 사람이라도 더 많은 지원자를 모집하기 위해 온갖 개혁을 시도하고 있지만, 그중에서도 색다른 학부·학과를 신설하는 '해결책'으로 큰 효과를 기대하고 있습니다. 그래서 해마다 수십 개나 되는 학부가 신설 또는 재편·개칭되고 있는 것입니다. 제3장에서 다루었던 독특한 사례들도 이런 생각에서 비롯된 것이겠지요.

만일 당신이 대학의 경영자라고 가정해 봅시다. 당신의 대학에 지원하는 학생이 점점 줄어드는 상황에서 학부·학과를 신설하고 재편하는 권한이 전적으로 당신에게 있다면, 당신은 어떤 학부를 만들겠습니까? 단 경영의 측면에서 절대로 실패할 리는 없다고 합시다. 아마도 누구나 다음과 같은 두 가지 방법을 생각할 것입니다.

【생각 1】다른 대학의 사례를 살펴보고 성공적 사례로 알려진 학부·
학과를 모방하면 된다.

【생각 2】현재 수험생이나 보호자가 요구하는 수요를 철저히 분석
하고, 그 수요에 따라 준비하면 된다.

또한 앞의 조건에 더하여 그다지 돈을 투자할 여유가 없다고 칩
시다. 예를 들면 의학부나 공학부와 같이 대규모 설비와 투자가 필
요한 학부는 만들 수 없습니다. 그렇다면 다음과 같이 생각할 것입
니다.

【생각 3】학내에 있는 자원(교수, 시설)을 그대로 유지하면서, 수험
생을 더 많이 모을 만한 학부로 재편·개칭할 수 없을까?

【생각 4】땅과 시설을 저렴하게 혹은 무료로 제공해 줄 파트너가 어
딘가에 있지 않을까?

학부의 유행과 쇠퇴?

【생각 1】은 유행이라는 알기 쉬운 형태로 나타납니다. 수험생을
모집하고 있는 타 대학의 학부를 조사하고 흉내 내는 것입니다. 이

런 형태로 2003년 이후 급격히 늘어난 학부 중 하나가 약학부입니다.

2003년 슈지츠대학就實大學, 규슈보건복지대학九州保健福祉大學

2004년 일본약과대학日本藥科大學, 지바과학대학千葉科學大學, 조사이국제대학城西國際大學, 히로시마국제대학廣島國際大學, 데이쿄헤세대학帝京平成大學, 무사시노대학武藏野大學, 도쿠시마문리대학德島文理大學(가가와약학부香川藥學部), 아오모리대학青森大學

2005년 오우대학娛羽大學, 국제의료복지대학國際醫療福祉大學, 아이치가쿠인대학愛知學院大學, 긴조가쿠인대학金城學院大學, 도시샤여자대학同志社女子大學, 소조대학崇城大學

2006년 요코하마약과대학橫濱藥科大學, 다카사키건강복지대학高崎健康福祉大學, 나가사키국제대학長崎國際大學, 오사카오타니대학大阪大谷大學

2007년 이와테의과대학岩手醫科大學, 이와키메세대학いわき明星大學, 야스다여자대학安田女子大學, 효고의료대학兵庫醫療大學, 히메지돗쿄데학姬路獨協大學

2008년 리츠메이칸대학立命館大學, 스즈카의료과학대학鈴鹿醫療科學大學, 게이오기즈쿠대학慶應義塾大學

2002년까지 약학부를 가진 대학은 전국에 29개 있었습니다. 10

년 동안 27개의 약학부가 새로 생겼으니 무려 2배로 늘어난 셈입니다.

예전부터 약학부는 특히 여학생에게 인기가 많았습니다. '약제사'라는 전문직 자격이 있으면 결혼이나 출산을 하더라도 계속 일할 수 있다고 생각하는 사람들이 다소 있었기 때문입니다. 저출산 문제가 마침내 대학 경영에 심각한 영향을 끼치기 시작한 최근 10년 동안, 많은 대학이 약학부에 주목했습니다. 5개 대학이 약학부를 신설하면, 유행에 민감한 대학업계에는 얼마 되지 않아 약학부가 폭발적으로 증가하기 시작합니다.

그러나 2009년 이후에 신설된 사례는 전혀 없습니다. 2012년 현재, 약학부 붐의 끝이 보이기 시작합니다. 약학부를 지원하는 사람이 아무리 많을지라도, 전국에 약학부가 이렇게 많다면 각 학교의 지원자 수는 줄어들기 마련입니다. 그중에는 지원자가 절반으로 줄어든 사례도 있습니다. 예전과 같은 '맛'이 없어진 것입니다.

게다가 2006년부터 제도가 바뀌어 약제사 자격을 얻기 위해서는 의무적으로 6년제 과정을 졸업해야 합니다. 원래 약학부에는 여성이 많아서인지, "6년은 길다"라고 느낀 사람들이 약학부를 피하려 하는 것도 사실입니다. 이러한 이유가 결정타로 작용해 약학부 붐이 가라앉기 시작했습니다. 취학 기간이 길어지면 학비 문제도 따라옵니다. 사립대 약학부 6년제 과정을 졸업하기까지는 평균 1,100만 엔 이상이 듭니다. 의학부 정도까지는 아니더라도 가계에 상당한 부담을 줍니다. "투자한 학비 이상의 보상을 얻을 수 있을까?"라고 생각한 가정도 있겠지요.

마케팅적 발상으로 만들어진 '유행 학부'

저는 이렇게 업계의 유행으로 급증하는 학부를 '유행 학부'라고 부릅니다. 물론 그중에는 반드시 '간판뿐'인 학부만 있는 것도 아니고, 교육 수준도 높고, 가치 있는 학부도 적지 않습니다. 마케팅적 발상으로 학부를 계획하는 것 자체가 나쁜 것은 아닙니다. 오히려 경영적인 관점에서 보면 당연한 행위입니다.

문제는 "우선 그릇만 마련하면 지원자는 모일 것이다"라는 말처럼, 질이 낮은 환경에서 설립된 학부도 적지 않게 존재한다는 점입니다. '유행 학부'는 말 그대로 '유행'할 때 설립하지 않으면 의미가 없습니다. 그러니 교원도, 커리큘럼도 급조하게 됩니다.

2012년 현재 유행 중인 학부는 '간호학부'입니다. 간호사 자격을 얻을 수 있고, 여학생들에게 빼어난 이미지를 주기 때문입니다. 간호사 자격의 합격률은 97% 정도(4년제 대학·신 졸업자 평균)로 높고, 현재는 취업 시장에서도 '초超' 자가 붙을 정도로 잘나가는 학부입니다. 당연히 수험생들 사이에서 인기도 많습니다. 유행하지 않는 게 이상하다는 생각이 들 정도로 좋은 조건들로만 갖추어져 있습니다.

독립행정법인·과학기술진흥기구가 운영하고 있는 'JREC-IN'이라는 웹사이트가 있습니다. 전국 연구·교육기관의 구인 정보가

다 나와 있어서, 전공이나 근무지 등의 조건으로 구인 정보를 검색할 수 있는 편리한 사이트입니다. 몇 개의 전공 분야에서 구인求人 건수를 살펴봅시다. (2012년 5월 현재)

- 문학 28건
- 법학 36건
- 경제학 79건
- 치학齒學 5건
- 약학 44건
- 간호학 142건

간호학의 구인 건수가 다른 학문 분야를 압도하는 것을 알 수 있습니다. 이들은 대부분 간호학부의 신설에 따른 교원 모집입니다(참고로 기초의학도 118건으로 많지만, 이것은 의학부를 졸업한 학생들 대부분이 의사를 지향하므로 연구자로 남지 않는다는 사정을 반영한 것입니다). 이를 살펴보면 학부를 신설할 때 각 연구 영역의 교수, 준교수准敎授(부교수: 옮긴이), 조교 등 필요한 교원을 거의 전부 모집하려는 대학도 드문드문 눈에 띕니다. 이런 상태가 벌써 몇 년 동안 계속되고 있습니다.

간호학도 의학부와 마찬가지로 임상 현장을 희망하는 학생이 많은 분야입니다. 그렇기에 라이벌 대학을 제치고 필요한 연구자를 모집하는 일은 쉽지 않을 것입니다. 학위나 연구 실적 등 요구 조건의 벽을 낮추는 대학도 있을 것으로 생각됩니다. 물론 높은 수준의 신설 간호학부도 많이 있을 것입니다. 다가올 미래의 의료 방식을 고민하고, "이 사람이다!"라는 생각이 드는 인재를 모아 공들여 설립한 학교는 적지 않다고 생각합니다. 의료계 학부를 원래 갖고 있는 대학이 간호학부를 증설한 사례도 있는데, 이런 곳은 장점을 살린 교육이 기대됩니다.

한편 인문과학계의 대학이 왜인지 갑자기 간호학부나 간호학과를 신설하려는 움직임도 업계에서는 가끔 눈에 띕니다. 그 모두가 불안하다고는 말할 수 없지만, 임상 연수 환경의 충실도 등 전통이 있는 간호학부와 비교하면 분명히 뒤떨어지는 부분이 있는 것도 부인할 수 없습니다. 취직에 있어서도 현재는 상황이 좋다고 하지만, 언젠가는 반드시 공급이 수요를 웃도는 순간이 올 것입니다. 그때에도 과연 경쟁력을 유지할 수 있을지가 걱정입니다.

물론 충실한 내용과 함께 마케팅 조사의 성과를 구체화하는 학부라면 좋겠습니다. 그러나 실제로는 그릇과 명칭을 먼저 앞세우는 학과, 마케팅이라고 하기엔 너무 허술한 학부도 있는 것 같습니다. 이렇게 탄생한 '간판뿐인' 학부는 평가가 좋은 '간판' 학부에 비해 교육 수준에도 엄청난 차이를 보일 것입니다.

하나의 간판 뒤에는 여러 '간판뿐'인 학부가

관광계 학부도 '유행' 학부의 전형적인 사례입니다.

제2장에서도 언급했지만, 관광학부로 특히 유명한 곳은 릿쿄대학立教大學입니다. '관광학과'는 1967년 4년제 대학에 최초로 생기면서 주목을 받았고, 관광업계에 수많은 졸업생을 내보냈습니다. 여행사와 호텔, 항공 업계 등에서 활약하고 있는 OB, OG는 이루 헤아릴 수 없습니다. 1998년에는 '관광학부'로 승격하여 계속 주목받고 있습니다. 수험생들 사이에서 인기도 무척 높습니다. 관광학부는 자타가 공인하는 릿쿄대학의 '간판 학부'라고 할 수 있습니다. 릿쿄대학보다 먼저 단기대학의 학부에 발 빠르게 신설된 도요대학東洋大學의 관광학과도 4년제가 되어 지금까지 인기를 끌고 있습니다.

이들의 인기 때문인지, 1998년 이후 다른 대학들도 '관광'을 배울 수 있는 학부·학과를 잇달아 개설하기 시작했습니다.

- 도요대학東洋大學

    1963년에 단기대학 학부에 관광과 설치

    2001년에 국제지역학부 국제관광학과로 개조·재편
- 릿쿄대학立教大學

    1967년에 사회학부에 관광학과 설치

    1998년에 관광학부로 개조·재편
- 삿포로국제대학札幌國際大學

    1999년에 관광학과 설치
- 오사카관광대학大阪觀光大學

2000년에 관광학부의 단과대학으로 개교

- 메이카이대학明海大學

  2005년에 호스피탈리티 투어리즘 학부 설치

- 조사이국제대학城西國際大學

  2006년에 관광학부 설치

- 헤이안조가쿠인대학平安女學院大學

  2006년에 인간사회학부 국제관광커뮤니케이션학과 설치

  2007년에 국제관광학부로 개조· 재편

- 고베슈쿠가와가쿠인대학神戶夙川學院大學

  2007년에 관광문화학부 단과대학으로 개교

- 와카야마대학和歌山大學

  2007년에 경제학부 관광학과 설치

  2008년에 관광학부로 개조· 재편

- 나가노대학長野大學

  2007년에 환경투어리즘학부 설치

- 류큐대학琉球大學

  2005년에 법문학부 관광과학과 설치

  2008년에 관광산업과학부로 개조· 재편

- 쇼인대학松蔭大學

  2009년에 관광문화학부 설치

- 도카이대학東海大學

  2020년에 관광학부 설치

- 한난대학阪南大學
  2010년에 국제관광학부 설치

　학부 명칭에 '관광' 또는 '투어리즘'을 붙인 사례만 모아도, 지금 관광계 학부는 이렇게나 많이 있습니다. 이 외에도 학과명에 '관광'이라는 말을 쓰고 있는 대학은 30곳 가까이 존재합니다. 이들의 절반 이상은 2005년 이후에 신설된 것입니다. 대학업계에 일찍이 없었던 '관광' 붐이 일어나고 있다고 할 수 있겠지요.

　'관광'은 학문적으로도 다양한 방식으로 접근할 수 있고, 그런 점에서 관광계 학부는 고교생의 흥미를 불러일으키는 분야입니다. 또한 2008년에 관광 입국을 내세우면서 관광청을 발족시킨 일본 정부로서도 앞으로 관광에 관한 교육 연구의 발전에 기대하는 부분이 있을 것입니다. 그렇다고 하더라도 여태까지 없었던 학부·학과가 단기간에 이렇게 집중적으로 신설된 것은 이례적입니다.

　관광계 학부·학과의 설립 붐을 뒷받침하고 있는 것은 관광업에 대한 학생의 취업 선호도입니다. 학생을 대상으로 취업 선호도 조사를 해보면, 여학생들이 특히 선호하는 기업에는 매년 'JTB'와 같은 여행사가 꼭 상위에 올라갑니다. 대학 측은 관광계 학부·학과를 만들어 취업 선호도가 높은 여행 관련 기업과 다리를 놓고, 이를 통해 학생에게 어필하고 싶은 속셈을 가지고 있습니다. 사실 관광업계에서도 관광을 전문적으로 공부한 학생을 요구하는 목소리가 끊이질 않습니다. 여행사 외에도 호텔업계나 항공업계 등 관광과 관련된 업종은 다양하므로, 대학 역시 수요가 있으리라는 계산을 했을 것입니다.

관광계 학부는 다른 인문·사회과학계 학부에 비해 국제적이고 화려하며, 실천적이고 재미있어 보이는 이미지를 줍니다. 이러한 점들이 학생 모집을 최우선 과제로 삼는 대학업계에 안성맞춤이었던 것입니다. 이렇게 해서 1992년도에 240명이던 관광계 학부·학과의 입학 정원은 2008년도에 3,900명으로 증가하였고, 이듬해인 2009년도에는 4,000명을 돌파했습니다.

릿교대학立敎大學 관광학부는 일본에서 유일하다는 의미에서 확실히 간판 학부였습니다. 그렇게 부를 만한 교육 수준과 실적도 갖추고 있습니다. 그러나 그 이후에 관광계 학부를 신설한 대학 중에서는 "관광계 학부가 유행하고 있다. 수험생을 모을 수 있겠다"라는 안이한 발상을 가진 곳도 있을지 모릅니다.

그런 신흥 관광계 학부들을 시험이라도 하는 듯, 최근에는 문제가 생기고 있습니다. 국토교통성國土交通省이 관광계 학부·학과 졸업생을 대상으로 2004년부터 2006년까지 진로 조사를 실시한 결과, 여행업계에 취직했다는 답변은 약 8%이고, 숙박업계는 약 7%, 여객철도업계는 약 5%로 관광업계 전체를 합쳐도 약 23%에 불과했습니다. 관광학을 배워도 관광 관련 산업에는 취업하지 않거나, 취업하지 못하는 실태가 드러난 셈입니다.

그 이유에 대해서 《산케이신문産經新聞》은 흥미로운 기사를 실었습니다.

관광청觀光廳이 관광 관련 기업들을 대상으로 실시한 '요구하는 인재상人材像' 조사에 의하면, '관리직·리더로서의 소질·적성'으로

▷ 어떤 부문이라도 대응할 수 있는 기초 능력

▷ 사회인으로서의 상식·매너

― 등의 답변이 많았고, 관광청은 "경영 전반에 대해 배우기를 바란다는 수요를 볼 수 있다"라고 하였다.

그러나 (일본) 국내의 관광계 학과·학부의 커리큘럼에서는 역사·정치·지리 등의 사회과학 분야를 중시하는 경향이 있고, 경영에 대해서는 가볍게 언급하는 정도다. 졸업생의 약 절반을 관광업계에 취직시키는 미국 코넬대학교가 커리큘럼의 66.7%를 경영 분야에 할애하는 것과는 대조적이다.

(〈'관광계 대학'은 간판뿐. 수업의 간극으로 인재가 자라지 못함. 구한다! 경영·마케팅 능력〉, 《산케이 신문》 2009년 1월 10일)

기사에서 언급된 코넬대학교의 'School of Hotel Administration'은 원래 일본 대학의 관광계 학부·학과와 지향하는 방향이나 임무가 약간 다르다고 볼 수 있습니다. 하지만 경영 교육을 원하는 관광업계와 관광계 학부가 제공하는 교육이 서로 어긋난다는 지적은 핵심을 찌르고 있습니다. 관광업에 취직하는지 아닌지는 제쳐두고라도, '관광'에 대해 배우고 생각한다면 경영이나 마케팅에 관한 공부가 반드시 필요합니다.

"일단 관광이라는 이름만 내세우면 되겠지"라는 안이한 생각으

로 커리큘럼을 만든 대학이 그런 수요에 대응하지 못하는 것이겠지요. '진짜 간판 학부'가 아니라 다른 대학의 간판을 흉내 내서 만든 '유행 학부'에는 종종 이와 같은 함정이 있습니다.

취직 선호도에 비해 "생각보다 취직이 잘 안된다"면 관광계 학부의 매력은 감소합니다. 제대로 된 교육을 하고 기업으로부터 신뢰를 얻은 곳은 남겠지만, 안이하게 만들어진 곳은 의외로 빨리 사라질지도 모릅니다. 따라서 대학을 선택할 때는 학부·학과의 명칭만으로 판단하지 말고, 간판이라고 부를 만한 실력이 있는지 없는지를 잘 검증하는 것이 중요합니다.

참고로 이와 같은 '유행 학부'가 생겨나는 이유 중 하나는 대학을 겨냥한 컨설팅 비즈니스의 영향도 있는 것 같습니다. 예컨대 대형 입시학원 중에는 "수험생의 수요를 알고 있다"라고 선전하면서, 신설 학부의 명칭이나 내용을 대학 측에 기획·제안하는 기업도 있습니다. 수험생의 마음을 사로잡고 싶은 대학의 입장에서는 신뢰할 만한 자문 같은 것이겠지요. 광고 대리점 등도 이런 비즈니스에는 적극적입니다. 하지만 유행을 좇다가 '간판뿐'인 학부가 되어 버린 곳 중에는 이러한 컨설팅 결과로 만들어진 경우가 적지 않습니다.

사실 입지 조건, 지역 주민의 수요, 경쟁 학교와의 관계성, 지금까지 쌓아 온 브랜드 이미지까지, 이 모든 것들은 대학마다 다릅니다. 그래서 어떤 학부를 만드는 것이 대학에 적합한지도 다른 것이 당연합니다. 유행을 따르면 된다는 식은 안일한 생각인 듯합니다.

이름은 같아도 내용이 다른 학부

지금까지는 안이하게 유행을 좇는 학부가 늘어난 결과, 고교생이 보기에 '옥석혼효玉石混淆'의 상태가 된 사례를 소개해 드렸습니다. 이에 관해서는 좀 더 복잡한 사정도 있습니다. 대학의 학부나 학과 중에서는 이름은 같을지라도 다루는 학문 영역이나 주제, 연구 수준 등이 크게 다른 사례가 꽤 있습니다.

예를 들면, '환경정보학'이라는 명칭을 붙인 학부나 학과는 2011년 현재 7개 대학에 존재합니다. 원래 게이오기주쿠대학에서 독자적으로 신설한 학부 명칭이었는데, 그 후 주목을 받게 되자 다른 대학에도 환경정보학이 생기기 시작했습니다. 그런데 신기한 것은 이 7개 대학에서 환경정보학의 정의를 각양각색으로 내린다는 것입니다.

게이오기주쿠대학의 환경정보학부·환경정보학과에서는 인터넷 등의 전자정보시스템이나 유전자 등을 다루는 생명과학, 인간공학, 영상디자인 등 다양한 분야의 첨단 연구가 이루어지고 있습니다. 인간을 둘러싼 '환경'을 상당히 넓은 의미로 파악하고, '정보'라는 각도에서 환경에 접근하려는 학부임을 알 수 있습니다.

한편 욧카이치대학四日市大學의 환경정보학부·환경정보학과는 3

개의 전공으로 나눕니다. 대기 오염과 같은 지구 환경이나 생물 조사 방법 등을 배우는 '환경 전공'과 컴퓨터의 정보처리 기술을 배우는 '정보 전공', 그리고 '미디어커뮤니케이션 전공'입니다.

학부 이름만 보아서는 양자의 차이를 알 수 없습니다. 학문 자체의 역사가 아직 짧고, 전문 영역으로 확립되어 있지 않기 때문입니다. 참고로 두 학부의 영어 명칭을 보면, 전자는 'Faculty of Environment and Information Studies'이고, 후자는 'Faculty of Environmental and Information Science'로 번역되고 있습니다.

실제로는 내용이 전혀 다른데도 학부·학과의 이름이 같다면, 고교생이나 일반인은 "배우는 내용은 대개 같겠지"라고 생각할 것입니다. 아주 흔한 일입니다. 그중에는 학생 모집을 우선시한 나머지, 유행하는 키워드를 학부·학과의 명칭에 너무 쉽게 집어넣거나 다른 대학의 인기 학부를 따라하는 대학도 있는 것 같습니다. 이런 경향이 결과적으로 대학과 학생의 불일치를 유발하고 있습니다.

한편 법학부나 경제학부처럼 옛날부터 존재했던 전통적인 명칭의 경우에는 전문 영역이 세계적으로도 어느 정도 확립되어 있습니다. 그렇다면 이런 전통적 학과의 경우에는 각 대학마다 교육 내용에 차이가 없을까요? 그렇지도 않습니다. 예를 들면 앞에서 소개한 약학부가 그렇습니다. 약제사의 국가 자격을 목표로 하는 6년제 코스와 제약 연구 중심의 4년제 코스를 병설하는 대학이 일반적입니다. 약학부가 있는 의료계 대학에서는 임상 연수를 하는 부속병원을 병설하는 경우도 있어서, 약학부의 학생은 6년제 약제사 양성 코스를 밟으며, 실무적 환경을 살린 교육을 받을 수 있습니다. 한편 도쿄이과대학東京理科大學의 약학부는 제약 연구 쪽에 주력하고 있어서, 입학 정원도 4년제 코스에 더 많이 배정되어 있습니다. 이 차이는 "의료인의 양성이냐, 연구자의 육성이냐"라는 대학의 지향성에서 비롯된 것입니다.

지도 교원의 출신 대학·학과로 생겨난 차이는 커리큘럼이나 지도법, 학문적 접근 방법 등에도 영향을 미치고, 결과적으로 각 대학의 개성이 되는 사례도 많이 있습니다. 알기 쉬운 예로 경제학부에서 마르크스경제학과 근대경제학 중 어느 쪽에 중심을 두는지와 같은 문제가 있을 것입니다.

주오대학中央大學 법학부는 제2차 세계대전 이전부터 수많은 법조인法曹人을 배출한 명문 학교로, 법조계에서 졸업생들의 활약이 돋보입니다. 그래서 주오대학 법학부 및 법과대학원의 평가는 갈수록 높아지고 있습니다. 한편 지금까지 거의 합격자를 내지 못했던 법학부·법과대학원도 세상에는 많이 존재합니다. 그래도 명칭은 똑같이 '법과대학원'입니다. 이렇듯 같은 명칭이라도 교육 수준이 다를 수 있습니다.

각 대학에서 다루는 교육 내용이나 교수법은 대학 전체가 아닌 학부·학과 단위로 논의·결정하고 시행하는 경우가 대부분입니다. 그러므로 커리큘럼이 아주 다른 경우도 있을 것입니다. 대학 입학 후에 "이게 아닌데"라는 불일치를 겪는 것도 마찬가지입니다.

시청자만 많으면 좋은가? '스튜디오 학부'

【생각 2】 현재 수험생이나 보호자가 요구하는 수요를 철저히 분석
하고, 그 수요에 따라 준비하면 된다.

대학의 경영자가 지원자를 확보하기 위해서 위와 같이 생각한다
는 것은 앞에서 이야기했습니다. 그 전형적인 예는 고교생들이 흥
미를 가질 법한 몇 가지 키워드를 조합해 학부의 명칭을 만든 나머
지, 그 학부에서 무엇을 배우는지 전혀 알 수 없게 된 경우입니다.

최근 종종 보이는 '국제', '어린이', '커뮤니케이션', '비즈니스',
'심리', '정보', '환경', '스포츠'와 같은 말들이 이에 해당될 것입니
다. 이 말들을 짜 맞춰서 가령 '국제정보커뮤니케이션학부'라거나
'비즈니스심리학부'라거나 '어린이환경학과'라는 등의 조어를 학
부·학과 이름을 만드는 것입니다. 시험 삼아 위의 단어 중 2개를 적
당히 조합하여 인터넷에 검색해 보십시오. 대부분 실제로 그런 학
부·학과가 존재한다는 사실에 놀랄 것입니다.

좀 다른 얘기입니다만, 최근 방송국 영업 담당자가 스폰서 기업
에 TV프로그램을 어떻게 선전하는지 아시나요?

"이 A씨는 젊은 여성들 사이에서 인기 상승 중인 연예인입니다. 그
래서 그녀가 출연하기만 하면 젊은 여성 시청자를 늘릴 수 있습니
다. B씨는 직장 남성들 사이에서 주목받고 있는 분이니까, 그가 프

로그램에 출연하면 많은 남성들이 볼 것입니다. C씨는 시니어 층 사이에서 호감도가 높기 때문에 그녀의 팬인 시니어 분들이 프로그램을 기대하실 겁니다. 그러니까 A씨, B씨, C씨를 캐스팅한다면 폭 넓은 대상들을 시청자로 포섭할 수 있습니다! 귀사貴社의 제품을 광고로 알리기에 최적의 캐스팅이 아닐까요?"

"왜 이렇게 많은 연예인들이 나오지?"라고 의문이 드는, 묘하게 떠들썩한 프로그램은 이렇게 만들어집니다. 화면상으로는 화려하지만 뭔가 속고 있는 듯한 느낌이 듭니다. 하지만 스폰서 기업의 담당자는 상사를 설득할 만한 이유를 찾았기 때문에 좋아합니다. 그렇지만 시청자는 출연하는 연예인의 수가 3배로 늘어난다고 해서, 재미도 3배가 된다고는 생각하지 않습니다. 그러나 스폰서에게는 이런 논리가 통하는 것입니다. '스튜디오'에 수많은 연예인을 등장시키는 시스템이 정착한 것도 이런 논리 때문입니다.

여러 개의 키워드를 짜 맞춘 학부 명칭에도 이와 동일한 논리가 숨어 있습니다. 최근 고교생들이 '어린이'와 '정보'에 흥미가 있는 것 같으면, '어린이정보학부'로 학과의 이름을 고쳐 많은 고교생을 포섭한다는 생각입니다. 이렇게 해서 세상에는 '어린이정보학'이라는 새로운 학문 분야가 탄생하는데, 그것을 만드는 사람들은 이 학문이 어떤 체계를 갖추어야 하는지, 사회에서 어떻게 평가받는지 등에는 관심이 없습니다. 이것이 제1장에서 말한 "증명서에 불과한, 무의미한, 유일Only One하기만 한 학위"가 급증하는 원인입니다.

이처럼 키워드를 조합해서 만든 학부를 임시로 '스튜디오 학부'라고 부르기로 합시다. 스튜디오에 앉아 있는 연예인들처럼 매력적인 말들을 열거해 두면, 그중 어느 하나에 끌린 수험생들이 지원하리라는 생각으로 만들어진 학부라는 의미입니다.

스튜디오 학부의 문제점은 크게 두 가지가 있습니다. 하나는 수험생이 학부 이름을 보고 연상한 내용이 실제 커리큘럼이나 교육 분야와 달라 괴리가 생기는 경우입니다. 애당초 학문 분야로는 존재하지 않는, '어린이정보학'이라는 학부 명칭의 경우에는 대개 어린이 전문가와 정보 전문가로 교수가 구성될 것입니다. "어린이정보학이라는 분야를 우리가 창설한다! 이 학문 분야의 중요성을 사회에 알린다!"라는 생각으로 진심을 다해 노력하고 있는 경우도 있겠지만, 그렇게까지 장대한 목표를 실현하는 것은 상당히 어려운 일입니다. 또 실제로는 내부의 사람들도 그것이 어떤 학문인지 공통된 견해를 갖고 있지 않은 경우가 대부분이라고 생각됩니다(설립된 지 22년이 된 게이오대학의 종합 정책, 환경 정보에서조차 아직까지 이 학문 체계를 그 누구도 결정적으로 설명하지 못하고 있습니다). 이렇게 되면 '어린이학'과 '정보학'의 발상이 짜깁기된 듯한, 전체적으로 무엇을 지향하는지 잘 알 수 없는 커리큘럼이 되기 쉽습니다.

또 다른 문제는 사회로부터의 수요가 부차적인 것으로 되어간다는 점입니다. '스튜디오 학부'와 같은 명칭은 "수험생에게 좋은 인상 주기"라는 하나의 목적만을 추구해서 만들어진 경우가 대부분입니다. 예를 들면 산업계에서는 경영학의 기초를 철저하게 훈련

받은 학생을 원한다고 해도, 대학은 지원자가 오지 않는 경영학부를 '글로벌환경비즈니스학부'로 개칭하고자 시도하는 것입니다. 하지만 사회가 그 학문(?)을 요구한다는 보장은 없습니다. 이와 같은 학부 명칭은 지원자들을 당혹스럽게 하고, 도리어 부정적인 이미지까지 주는 것 같습니다.

고교생들의 선호도와 사회로부터의 평가가 일치하지 않는 것은 스튜디오 학부에 한정된 이야기는 아닙니다. 고교생들한테 인기는 별로 없지만 취업률이 잘 나오는 학부와 학과도 있고, 그와 반대되는 경우도 산더미처럼 많습니다. 다만 아무도 그 내용을 추측할 수 없는 학부의 명칭이 긍정적으로 작용하는 경우는 거의 없다고 보아도 좋을 것입니다. 물론 설립 후 오랜 세월이 지나고, 졸업생들이 사회에서 활약하면서 긍정적인 평가가 싹트는 경우도 있습니다.

의기양양하지만 사회에서는 평가받지 못하는 '외래어 학부'

유행을 쫓는 것도 아니고, 스튜디오 학부처럼 표층적인 짜깁기 발상으로 보여 주는 것도 싫어하는, 그러한 기개가 있는 대학인大學人도 세상에는 많이 있습니다. 독자적인 학문을 정립하려는 이상이 있거나, 다른 학교와는 차별화된 감각을 보여 주고픈 집념을 가진 이들입니다. 그런 사람들은 대부분 외래어 명칭의 학부, 줄여서 '외래어 학부'를 만들게 됩니다.

"요즘 대학은 말이야, 무엇을 배우는지 전혀 알 수 없는 학부가 늘어났어." 기업의 인사 담당자들이 이렇게 중얼거릴 때, 대개 그들은 외래어를 남용한 이름의 학부를 머릿속에 떠올립니다. 사회에서 외래어 학부의 평판은 그다지 좋지 않습니다. 한자어 숙어를 조합한 스튜디오 학부는 그나마 간신히 내용을 추측할 수 있지만, 들어본 적이 없는 외래어를 여러 개 조합해서 만든 명칭을 보면 위화감을 느끼는 사람이 적지 않은 것 같습니다.

어느 공학계 대학이 '바이오닉스'라는 학부를 만든 적이 있습니다. 역시나 어려웠는지, 나중에는 '응용생물학부'로 개편되었습니다. 아무도 내용을 추측할 수 없는 외래어를 굳이 사용한 이유가 무엇일까요?

현재 학생을 모집하고 있는 여러 학부에서도 외래어 명칭을 쓰고 있습니다. 많은 학부의 이름에 '서비스', '커뮤니티', '비즈니스', '매니지먼트', '커리어', '디자인', '시스템' 등의 외래어가 조합됩니다. 이 외래어들은 마치 스튜디오에 앉아 있는 연예인처럼 학부를 화려하게 장식하는 역할인 것 같습니다.

'커뮤니케이션', '글로벌', '컴퓨터'나 '미디어' 정도라면 그나마 의미를 알 수 있고, 오히려 외래어 명칭이 알기 쉽다는 느낌마저 듭니다. 하지만 '이노베이션', '호스피탈리티', '프로듀스', '마케팅' 정도의 외래어가 들어가면, 그것을 보고 듣는 사람의 머릿속에는 점점 '?'가 떠오르기 시작합니다. 더 나아가 '파이넌스', '시티라이프',

'투어리즘', '프론티어', '메디컬', '휴먼 케어', '소셜 워크'와 같은 외래어에 이르면, 한자어로도 표현할 수 있을 것 같고 오히려 한자어 명칭이 알기 쉽다는 느낌이 듭니다. '의료'를 굳이 '메디컬'이나 '휴먼 케어'로 표현하고, '관광'을 '투어리즘'이라고 고집할 이유가 있을까요?

좋든 나쁘든 이런 말을 쓰는 학부에서는 왠지 모를 긍지가 느껴집니다. 관계자들의 마음을 전하기 위해서는 한자보다 외래어가 적합했는지도 모릅니다. 다만 외부의 눈으로 보면 무엇을 배우는지 알기 어려운 것이 사실입니다.

일부러 외래어를 쓰는 이유로는 다음의 세 가지 정도를 생각할 수 있습니다.

(1) 전국 대학 안내나 모의시험 편차치 랭킹 등에서 눈에 띄고, 고교생의 눈길을 끌 수 있기 때문이다.

(2) 막연하고 추상적인 외래어로 의미를 풍부하게 취할 수 있고, 보다 많은 고교생을 대상으로 삼을 수 있을 것 같다.

(3) 이 학문 분야를 정확히 표현할 수 있는 말이 외래어밖에 없기 때문이다.

어쩌면 명분은 (3)에 있고, 본심은 (1)과 (2)에 있지 않을까요? 다만 (1)과 (2)의 이유로 생겨난 학부가 514종까지 늘어난 지금, 이제는 그 이유조차 별로 의미가 없어졌다고 생각됩니다. 오히려 "무엇을 배우는지 불분명하다", "누구를 대상으로 삼고 있는지 알기 어렵다"라는 폐해가 커지고 있는 것이 아닐까요?

학부 명칭에 외래어를 썼다고 해서, 교육 내용에 문제가 있다고 는 할 수 없습니다. 내용이 좋은 경영학부를 '매니지먼트 학부'로 개칭한다고 교육의 내용이 떨어지는 것은 아닙니다. 그런 점에서는 앞에서 살펴본 '유행 학부'나 '스튜디오 학부'처럼 '간판뿐'인 학부 라고 보기 어렵다는 느낌도 듭니다.

오히려 이것은 "간판에 쓰인 내용이 전달되지 않는" 상태입니다. 군이 말하면, 고교생들에게 혼란을 준다는 점이 문제입니다. 꽤 좋은 교육을 하고 있다고 해도, 그 가치를 사회에 전달하기도 힘들 것입니다. 만약 학생을 모집하는 데 외래어 명칭이 별로 효과가 없 다는 것이 검증된다면, 한자어로 명칭을 바꿔보는 것도 하나의 방 법이 될 수 있겠다는 생각이 듭니다.

돈 들이지 않고 수험생을 모집하기 위해서?

"지원자가 오지 않으니 새로운 학부·학과를 만들어서 변화를 주고 싶다. 그렇지만 새롭게 설비 투자를 할 수 있을 정도의 자금은 없다." 앞에서도 나왔지만, 이런 대학들은 다음과 같은 고민을 심각 하게 합니다.

【생각 3】이미 학내에 있는 자원(교수, 시설)을 그대로 유지하면서,
　　　　수험생을 더 많이 모을 만한 학부로 재편·개칭할 수 없
　　　　을까?

　앞서 '유행 학부'의 사례 중 하나로 관광학부를 소개해 드렸는
데, 관광계 학부·학과가 늘어난 배경에는 대학 조직의 경영 사정도
얽혀 있습니다.

　'관광학'이란 비교적 새로운 학문 분야로, 역사와 지리·기획 그
리고 홍보·경영과 마케팅 등 다양한 영역으로 이루어진 학제적 학
문입니다. 그러므로 대학 경영자의 입장에서 보면, 기존 학부의 교
수를 관광학부 교수로 돌리기 쉽다는 이점이 있습니다. 예를 들면
문학부에서 미국 문화를 가르치는 교수와 외국어학부에서 독일어
를 가르치는 교수, 경영학부에서 마케팅을 담당하는 교수까지 모두
'관광학부의 교수'가 될 수 있는 것입니다.

　아울러 관광계 학부·학과가 최근에 유행을 타고 신설되는 약학
부나 간호·의료계 학부와 다른 점이 있다면, 대규모 설비 투자가
필요없다는 것입니다. 즉, 당장 수험생을 확보할 수 있기 때문에 개
설하기도 매우 쉬운 학부인 것입니다. 극단적으로 말하면 경영학부
밖에 없었던 대학에서도, 문학부밖에 없었던 대학에서도, 기존 학
부의 교수를 바탕으로 추가 증원(가령 관광업계의 대기업에서 실무형 교수를 스
카우트 하는 등) 함으로써 관광계 학부를 개설할 수 있습니다.

　하지만 똑같이 '관광'이라는 이름이 붙은 학부라고 해도, 어떤

교수가 이끌고 있느냐에 따라 커리큘럼이 크게 달라집니다. 기초부터 착실하게 커리큘럼을 구축한다면 매우 재미있는 공부 환경을 마련할 수 있을 것입니다. 반면에 안이하게 추진한다면, 가지고 있는 자원으로만 안일하게 만들 수도 있는 것이 관광계의 학부·학과입니다.

경영에 관한 교육을 원하는 관광 업계와 관광계 학부가 제공하는 교육이 서로 어긋난다는 지적을 한 적이 있습니다. 관광 업계가 지적하는 '치우친 커리큘럼' 같은 문제는 대학 경영상의 사정에서 생기는 측면도 있습니다.

【생각 4】 땅과 시설을 저렴하게 혹은 무료로 제공해 줄 파트너가 어딘가에 있지 않을까?

이러한 발상은 사실 이미 정체 상태를 보이고 있습니다. 1980년대부터 전국의 지자체들 사이에서 '대학 유치' 움직임이 활발해졌습니다. 땅·시설은 지자체가 마련하고, 민간이 운영하는 '공인민영公認民營'형이나, 지자체가 중심이 되어 학교법인을 만들어서 운영하는 방식 등 다양한 패턴이 있습니다. 실제로 100개 학교 이상의 '공사公私 협력 방식 대학'이 실제로 탄생했습니다.

이미 어느 정도의 지명도가 있는 중규모, 대규모 대학이 지방에 독립된 학부와 캠퍼스를 신설한 사례가 많았습니다. 경영 규모 확장을 도모하는 대학의 입장에서도, 저렴하게 또는 무상으로 토지와 시설을 손에 넣을 수 있는 공사 협력 방식은 생각지도 못한 이야기였을 것입니다.

그런데 이렇게 신설된 대학이나 학부도 최근에는 저출산으로 학생을 충원하지 못해, 잇달아 모집 중지에 내몰리고 있습니다. 대학 단위로는 미에주쿄대학三重中京大學(미에현三重縣 마츠사카시松阪市)과 아이치신조 오타니대학愛知新城大谷大學(아이치현愛知縣 신조시新城市), 학부 단위로는 고가쿠칸대학皇學館大學 사회복지학부(미에현三重縣 나바리시名張市)와 도카이대학東海大學 개발공학부(시즈오카현靜岡縣 누마즈시沼津市) 등이 그런 예입니다. 이 학부들은 교육 내용에 있어서도 결코 나쁘지 않습니다. 하지만 지역 활성화를 위해 외부에서 유치한 학부가 반드시 지역 고교생들의 수요에 맞는다는 보장은 없습니다.

간판뿐인 학부는 앞으로도 늘어난다

지금까지 '간판뿐'인 학부가 생겨나는 배경을 몇 가지 관점에서 소개해 드렸습니다. "내가 희망하는 곳이 혹시 간판뿐인 학부가 아닐까?"라고 걱정하는 고교생들을 위하여, 전형적인 사례와 주의점에 대해 다시 정리해 두겠습니다.

(1) '유행 학부'는 말 그대로 '유행의 간판'을 제때에 내거는 것을 우선시한 나머지, 마구잡이로 만들어졌을 가능성도 있습니다.

실습하는 곳이 어느 정도 확보되었는가, 졸업생의 취직 상황은 어떤가, 교수의 전문 분야는 정말 학부 명칭에 맞는가 등등 교육 수준을 체크해 보십시다. 대학 안내를 보아도 그 부분은 알 수 없기 때문에 오픈 캠퍼스에서 관계자를 붙잡고 집요하게 물어보십시오. 만약에 관련 분야에서 일하고 있는 어른이 주위에 있으면, 그분의 의견을 들어보는 것도 효과적입니다.

(2) '스튜디오 학부'는 커리큘럼에 주의해야 합니다. 2개의 키워드를 그냥 늘어놓기만 한 것은 아닌가, 졸업할 때까지 어떤 기술을 익힐 수 있는가, 취업은 어느 분야인가 하는 점을 특히 잘 확인해 보십시오. 이 분야의 학부·학과에서는 대개 팸플릿의 '예상되는 진로' 란에 좋은 느낌을 주는 업종이나 직종(전문직), 공적 기관 등이 쭉 나열되어 있는데, 실제로 그 진로로 나간 선배가 얼마나 있는지 자세하게 알아보는 것이 중요합니다. 평가하기 쉬운 하나의 포인트는 그 학부·학과에서 취득할 수 있는 전문 자격입니다. 전문직을 떠올리는 학부·학과 이름인데도 사회가 요구하는 전문직 자격을 취득할 수 없는 커리큘럼을 가진 경우가 가끔 눈에 띄기 때문에 주의하시기 바랍니다.

(3) '외래어 학부'는 명칭이 주는 느낌만으로 내용을 추측하지 마시기 바랍니다. 명칭만 보아도 무엇을 하는지 알기 어렵지만, 내용은 아주 착실하고 충실한 사례도 많습니다. "한자어로 표현하면

어떤 학부에 가깝습니까?", "교육 내용은 어떤 학부에 가깝나요?", "취직은 어떤 학부에 가깝죠?"라고 물어보는 것도 효과적입니다.

다시 반복하지만, 【생각 1~4】의 조건에 해당된다고 해서 반드시 '간판뿐'인 학부는 아닙니다. 앞에서 살펴본 세 가지 유형에 해당되는 명칭이라고 해도, 훌륭한 환경을 갖춘 학부와 가치 있는 학과는 많이 있습니다. 다만 현재의 대학을 둘러싼 환경이 '간판뿐'인 학부를 낳기 쉬운 것은 확실합니다. 앞으로도 저출산 문제는 이어질 것이고, 수많은 대학이 경영적으로 어려워질 것이기 때문에 '간판뿐'인 학부는 더욱 늘어날 가능성이 많습니다. 고교생도 고교 교사도, 기업의 채용 담당자도 그 차이를 구분하는 안목을 연마할 필요가 있습니다.

제5장

간판에 비치는 사회의 변화

간판 학부와 사회의 변화

앞서 제2장에서는 역사가 긴 대학을 통해 여명기의 학원을 견인해 온 학부가 현재까지 대학의 간판 역할을 한 사례를 소개해 드렸습니다. 그런데 실제로는 그렇게 좋은 사례만 있는 것도 아닙니다. 건학부터 현재에 이르기까지 사회는 끊임없이 변화해 왔습니다. 그런 과정에서 대학도 학부를 증설하거나, 교육 커리큘럼을 바꾸거나, 주목받는 자격 과정을 준비하는 등 다양한 궁리를 거듭해 왔습니다. 새로운 간판 학부가 탄생하기도 하고, 반대로 사회 상황이 바뀌면서 간판 학부가 위기를 맞는 경우도 있습니다. 이렇듯 변화는 끊임없이 일어나고 있습니다. 간판을 유지하는 것은 간단한 일이 아닙니다.

이 장에서는 대학을 둘러싼 사회 변화를 말씀드리면서, 그 변화를 겪는 간판 학부의 성쇠에 대해 소개하고자 합니다. 여러 주제를 통해 대학이 놓여 있는 상황을 전할 수 있기를 바랍니다.

법과대학원 – 사법시험 합격자 수를 둘러싼 경쟁

'간판 학부'라고 말했을 때, 많은 분이 떠올리는 사례 중 하나는 주오대학中央大學 법학부입니다. 주오대 법학부는 메이지시대부터 이어진 긴 역사와 더불어 사법시험의 합격 실적으로 그 명성을 확고히 다졌습니다.

1949년부터 시작된 (구)사법시험은 재판관, 검찰관, 변호사의 '법조 3인'이 되기 위해서 반드시 합격해야 하는 관문이었습니다. 전 수험생의 합격률이 3%를 밑도는 해도 많았고, '국가시험의 최난관'이라고 불릴 정도로, 법조계 지원자는 몇 년씩 공부를 해서 합격하는 경우가 일반적이었습니다. 이 사법시험에서 압도적인 합격 실적을 자랑한 것이 주오대학 법학부입니다. 1951년부터 1970년까지 대학별 합격자 수로 1위를 달렸고, 그 후에도 도쿄대학東京大學과 수위를 다투어 왔습니다. 도쿄대학을 '빨간 문赤門'이라 칭하는 한편, 주오대학은 '하얀 문白門'이라 칭하면서 현재까지도 법조계에 인맥을 구축하고 있습니다.

그러나 그 후로는 합격자 수에서 다른 대학에 밀리기 시작합니다. 신新 사법시험 도입을 눈앞에 둔 2004년의 대학별 합격자 수에서 주오대학은 와세다대학, 도쿄대학, 게이오대학, 교토대학에 이어 5위에 만족하는 결과를 냅니다. 사실 5위도 대단히 훌륭한 성과입니다. 하지만 과거의 영광을 아는 관계자들에게 인정하고 싶지 않은 몰락으로 느껴진 것 같습니다. '간판'을 자칭하는 입장에서는 다른 대학에 뒤질 수 없다는 프라이드도 있었겠지요.

그 후 사법제도의 개혁에 따라 2006년도부터 법과대학원의 수료생을 대상으로 하는 신新 사법시험이 시작되었고, 법조인의 육성 시스템이 크게 변하게 됩니다. 당초 신 사법시험의 합격률은 70%라고 알려져 있었는데, 법과대학원이 난립한 결과 뚜껑을 열어 보니 50% 미만이었습니다. 2009년 이후에는 30%에도 못 미쳤습니다. "왜 이렇게 많은 신설을 허가했는가?"라는 비판의 소리도 잇달았습니다. 70%라는 합격률을 믿은 채 직장을 그만두고 법과대학원에 진학한 사회인 학생의 입장에서 보면, 분명 기대에 어긋날 것입니다.

그런 비판은 제쳐두고 법학부를 간판으로 내건 대학에게 이 신新 사법시험은 대학의 위신을 건 승부의 장이나 다름 없습니다. 법학부의 교육과 법과대학원의 교육에는 다른 점도 많지만, 대학 측에서는 자기 학교의 법학 교육 수준을 증명할 기회로 생각한 것이겠지요. 라이벌 대학보다 한 사람이라도 많은 합격자를 내기 위해 각 대학은 학교 차원에서 지원하고, 대학 관계자는 침을 삼키며 시험 결과를 기다렸습니다.

초년도의 시험 결과가 나오자 언론에서는 옛날부터 법조인을 많이 배출한 것으로 유명한 주오대와 도쿄대의 실적을 크게 보도했습니다. 2006년도 법학 이수자들을 대상으로 한 제1회 신 사법시험에서는 131명이라는 최다 합격자를 낸 주오대학이 당당히 일본 1위를 차지했습니다. "하얀 문의 위신 부활"이라며 화제가 되었습니다. 같은 해 2위는 120명의 도쿄대학이었습니다. 과거의 하얀 문,

2011년(平成23) 신 사법시험 법과대학원별 합격자수·합격률

법과대학원명	최종합격자(명)	합격률
도쿄대학 법과대학원	210	50.5%
주오대학 법과대학원	176	38.2%
교토대학 법과대학원	172	54.6%
게이오기주쿠대학 법과대학원	164	48.0%
와세다대학 법과대학원	138	31.9%
메이지대학 법과대학원	90	24.0%
히토츠바시대학 법과대학원	82	57.7%
고베대학 법과대학원	69	46.6%

빨간 문의 라이벌 싸움이 재현된 셈입니다.

이렇듯 신 사법시험에서 각 법과대학원의 합격 실적에는 커다란 차이가 보입니다. 첫해부터 합격자가 '0'인 대학원이 있는 반면에, 세 자리 숫자의 합격자를 낸 대학원도 나오는 상황입니다. 사법시험에 합격하지 못하면 법과대학원을 다니는 의미가 없다고 생각하는 사람들은 당연히 실적 있는 대학원에 쇄도하게 되었습니다.

그런 가운데 주오대학, 도쿄대학의 두 학교는 각각 사립대학, 국립대학의 합격자 수 1위의 실적을 거두고 있습니다. 2011년의 신 사법시험에서는 도쿄대학 법학과 대학원이 210명, 주오대학 법과대학원이 176명(법학 이수자, 미수자 합계)의 합격자를 내어 각각 1위와 2위를 차지했습니다. 주오대학은 매년 이 성과를 홈페이지나 팸플릿을 통해 강력하게 PR하고 있습니다.

한편 마지막 구 사법시험에서 가장 많은 합격자 수를 자랑했던 와세다대학은 2011년도 신 사법시험에서 138명이라는 숫자를 남겼습니다. 언뜻 보기엔 주오대학이나 도쿄대학에 뒤진 것 같지만, 그 배경에는 각 대학이 내거는 목표의 차이가 있습니다.

법과대학원 목표 중의 하나는 다양한 인재에게 법조계의 문호를 여는 것입니다. 그러기 위해서 법학부 졸업생이 아닌 인재(법학 미수자)도 법과대학원에서 3년간 배우면 신 사법시험에 응시할 수 있는 시스템으로 되어 있습니다. 한편 법학부를 졸업한 자(법학 이수자)는 2년 동안에 대학원을 수료할 수 있게 되어 있습니다.

주오대학이나 도쿄대학의 합격자 대부분은 법학 이수자가 차지하고 있습니다. 반면에 와세다대학은 애초부터 법학 미수자를 중심으로 한 법학대학원을 지향하고 있어서 미수자의 비율이 매우 높습니다. 실제로 2011년도의 법학 미수자의 합격자 수를 보면 와세다대학 129명, 도쿄대학 45명, 메이지대학 43명, 주오대학 39명의 순서로 와세다대학의 합격자 수가 압도적으로 많습니다.

신 사법시험은 이렇게 법학 미수자에게 문호를 열어 주었지만, 이 역시 전체 합격률을 비교하면 법학 이수자가 10% 이상 많아지는 경향 때문인 것 같습니다. 그런 가운데 다양한 인재를 법조계에 내보낸다는 이념을 내건 와세다대학의 방침은 의미가 있습니다. 주오대학, 도쿄대학과는 다른 형태로 '와세다대학의 법학교육'의 긍지를 보여 주었기 때문입니다.

참고로 합격자 수로는 두 학교에 미치지 못하지만 법학 미수자와 이수자 각각에 대해 높은 합격률을 기록하며 눈에 띄는 곳이 히토츠바시대학一橋大學 법과대학원입니다. 법과대학원 진학자 중에는 법조계에 뜻을 두고서 직장을 그만두고 오는 사람도 적지 않은 것 같습니다. 그런 수험생에게는 합격자 수보다 오히려 '합격률'이 마음에 걸릴지 모르겠습니다.

한편 법조 인구가 급격히 늘어나게 되면서 앞으로는 시험에 합격했다고 해서 반드시 일자리가 얻어진다는 보장도 없습니다. 그때에는 많은 합격자를 배출하는 대학의 광범위한 네트워크가 유리하게 작용할지 모릅니다. 그렇게 생각하면 역시 주요대학의 환경이 매력적으로 다가옵니다.

합격자 수라는 단순한 숫자가 거론되는 신 사법시험이지만 그 배경에서 우리는 "무엇을 강점으로 내세울까?"에 대한 각 대학의 방침에서 차이를 엿볼 수 있습니다.

기로에 선 치학부齒學部

다른 대학에는 있는데 도쿄대학에는 없는 학부 중 하나가 치과의사를 양성하는 치학부입니다. 원래 역사를 살펴보면 치학 교육은 일본에서 사립 교육기관 쪽이 많았던 것 같습니다. 제2차 세계대전 이전의 구제舊制 전문학교 시절부터 치학 교육을 실시했던 역사가 있는 대학은 도쿄치과대학東京齒科大學, 일본치과대학日本齒科大學, 오사카치과대학大阪齒科大學, 규슈치과대학九州齒科大學, 도쿄의과치과대학東京醫科齒科大學의 6개 학교입니다. 전쟁 전에는 실로 도쿄의과치

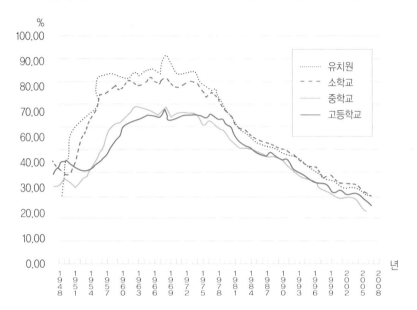

충치·치료하지 않은 치아가 있는 사람 비율(학교보건 통계조사에서)

범례:
...... 유치원
- - - 소학교
—— 중학교
—— 고등학교

과대학을 제외한 5개 학교가 사립이었습니다(규슈치과대학은 전쟁 이후에 공립대학이 되었습니다). 당시만 해도 치과 교육에 대한 시민의 이해도가 낮았을지 모릅니다. 정부도 의학에 비해 치학 교육에는 그다지 조급함을 느끼지 않았던 것 같습니다.

그런데 1960년 무렵이 되자, 충치가 사회 문제로 떠오르기 시작합니다. 그래프에 나와 있는 바와 같이 60년대에는 충치가 있는 어린이의 비율이 40년대보다 2배 가까이 급증했습니다. 그 배경에는 식료 사정의 개선과 함께 과자와 같은 단 음식이 생활 속에 침투한 이유도 있는 것 같습니다. 하여튼 치과의사의 양성이 국가적 과제가 되었습니다.

그런데 이 무렵까지 치과의사 양성대학은 앞에서 소개한 6개 대학과 오사카대학大阪大學 치학부뿐이었습니다. 그래서 정부에서는 치학부의 신설을 추진했습니다. 1965년에 아이치학원대학愛知學院大學, 가나가와치과대학神奈川齒科大學, 히로시마대학廣島大學, 도호쿠대학東北大學, 니이가타대학新潟大學, 이와테의과대학岩手醫科大學의 6개 학교에 치학부가 설치되고, 여기에 1980년대 전반까지 16개 학교가 추가되었습니다. 현재 일본에는 29개의 치학부가 존재합니다. 심지어 일본대학日本大學과 일본치과대학日本齒科大學 같은 경우에는 하나의 대학에 두 개의 치학부가 있을 정도입니다.

그 결과 충치를 가진 어린이의 수는 점점 감소했습니다. 치료 체제가 충분히 갖추어진 것이 큰 요인이었습니다. 그런데 지금에 와서는 치학부의 증설이 새로운 과제를 낳고 있습니다.

치학부가 교육 체제를 갖추어가고 수많은 치과의사를 세상에 내보낸 결과, 2012년 현재 일본의 치과 병원 수는 편의점 수를 상회할 정도로 증가했습니다. 반면에 앞에서 본 그래프와 같이 대표적인 치과 질환인 충치는 급격히 줄어들었습니다. 사실 의료가 충실해진 덕분이기 때문에 기쁜 일이기는 합니다. 하지만 경영이 어렵고 치과 병원이 폐업으로 몰리거나 충분한 수입을 얻지 못하자 치학부의 비싼 학비를 갚지 못하는 사례도 늘어나기 시작했습니다. 주간지 같은 곳에서도 "월수입 20만 엔 이하"라는 치과의사의 사례가 보도되는 등, 심각한 문제로 주목받고 있습니다.

거칠게 말하면, 현재 치학부의 정원은 국공립대학이 약 500명, 사립대학이 약 2,500명으로, 총 3,000명이 대학에서 치학을 공부하고 있습니다. 그리고 2012년도의 치과의사 국가시험 결과는 수험자 3,326명 중 합격자가 2,364명으로, 전체 합격률이 70% 정도입니다. 대학별로 보면 합격률이 40%에 못 미치는 곳도 있습니다. 치과의사의 과잉 공급을 저지하기 위해 합격 기준을 이전보다 엄격하게 한다고 하더라도, 치학부 졸업생 중에는 몇 년 동안이나, 심지어는 10년 이상씩 국가시험을 치르는 경우도 있습니다.

치학부는 의학부와 마찬가지로 6년제이고, 사립대학의 경우에는 학비도 비쌉니다. 원래 치학부의 학비는 의학부 이상으로 비싸고, 6년간의 합계 금액은 전 대학 평균 3,000만 엔 이상(2008년 시점)입니다. 이렇게 돈을 지불해도 치과의사 면허를 딸 수 있을지 알 수 없고, 면허를 땄다고 해도 비용에 걸맞은 대우를 받을 수 있다는 보장도 없습니다. 그런 상황을 내다 본 것처럼 치대 지원자는 계속해서 줄어들고 있습니다. 사립대학의 17개 치학부 지원자가 2007년에는 총 1만 명을 넘었는데, 2012년 현재는 절반 정도에 불과합니다. 2011년도 입시에서는 17개 대학 중 10개 대학이 정원 미달이 되었습니다.

이런 상황인데도 불구하고 치학부, 특히 사립대학 치학부의 정원은 거의 감소하지 않았습니다. 정원 삭감은 대학 경영에 마이너스가 되기 때문입니다. 그리고 치학 교육에는 고액의 기기나 비용이 드는 실습도 필요해서, 정원을 너무 삭감하면 경영에 압박을 받게 됩니다. 일단 비용을 들여 설비를 정비하고 교직원을 고용한 이상, 사회의 수요가 줄어들었다고 해서 쉽게 폐지하거나 정원을 줄일 수는 없는 것입니다.

최근 몇 년 동안 사립대학의 치학부들은 학비 인하 경쟁을 계속하고 있습니다. 2008년도에 약 3,300만 엔이었던 학비 평균액이 2011년에는 대략 2,900만 엔까지 떨어졌습니다. 심지어 최근에는 5년 동안 3분의 1 정도까지 학비를 내린 대학도 있습니다. 그럼에도 불구하고 지원자의 감소를 막을 수 있을지는 미지수입니다.

국가의 뜻에 따라서 치학부를 신설한 대학으로서는 지금과 같은 상황을 예측할 수 없었을지도 모릅니다. 과거의 간판 학부의 입장이 사회 상황의 변화에 따라 달라지게 된 사례 중의 하나입니다.

종교계 학부는 간판 학부인가?

사립대학 중에는 일대 세력을 이루고 있는 대학군이 있습니다. 바로 그리스도교계나 불교계와 같은 미션스쿨입니다. 전자는 릿쿄대학立敎大學, 아오야마가쿠인대학靑山學院大學, 조치대학上智大學, 도시샤대학同志社大學 등의 '미션계'로 알려져 있습니다. 이에 대해 (별로 일반적이지 않을 수 있지만) 후자를 '석존釋尊계'라고 부르는 경향도 있습니다.

메이지유신 이후 유럽과 미국 등에서 들어온 그리스도교 선교사들이 포교의 일환으로 각지에 설립한 사립학교가 오늘날의 그리스도교계 대학의 기원입니다. 그리스도교의 교리 보급과 함께 그리스도교주의에 입각한 교육의 시행에 주력하고 있습니다. 특정 분야에 대한 전문교육이 아닌 '영어를 포함한 보통교육'을 주축으로 삼는 학교가 많습니다. 당시에는 자식에게 서양학을 공부시키고 싶은 가정이나, 고조되는 여성 교육의 수요에 부응할 수 있는 귀중한 존재였던 것 같습니다.

한편 불교계 대학은 불교의 각 교단들이 '대학림大學林'이나 '학료學寮'라는 명칭으로 메이지시대 중기 무렵부터 설립한 교육기관에서 유래하는 경우가 많은 것 같습니다. 원래 일본에서는 불교의 각 교단이 일반 자제들에게 교육을 해왔고, 또 불교 교리를 중심으로 학술 교수敎授와 연구를 담당해 온 오랜 역사가 있기 때문입니다. 그것까지 포함시키면 '석존계'의 기원은 더욱 거슬러 올라갈지 모릅니다. 메이지 중기에 각 교단이 설립한 대학림이나 학료學寮에서는 일반 자제에 대한 교육보다도 승려 양성에 주된 목적을 두었던 것 같습니다.

이들 종교계 대학에는 '신학부'나 '불교학부'를 갖추고 있는 곳도 있습니다.

세계의 문화나 예술을 이해하거나, 어떤 나라의 사회 제도를 분석하거나 국제 관계를 생각할 때, 종교에 대한 지식은 필수불가결합니다. 우리가 사는 이 세계에 종교가 끼친 영향은 헤아릴 수 없을 정도로 큽니다. 국경을 넘어서 다양한 사람들과 커뮤니케이션하는 현대야말로 종교에 대한 이해가 요구됩니다.

현재 대학의 신학부나 불교학부에서는 이와 같이 종교를 '학문의 대상'으로 다루고 있습니다. 특정 신앙에 귀의하는 게 목적이 아니기 때문에, 특별히 자기가 그리스도교도이거나 불교도일 필요도 없습니다.

학생 수는 그렇게 많지 않지만, 종교계 대학으로서 이런 학부가 건학 이래의 이념을 상징하는 중요한 존재인 것만은 분명합니다. 정신적인 간판 학부인 것은 틀림없습니다. 하지만 고교생에게 종교계 학부는 "내용을 상상하기 힘든 학부", "스님이나 목사님, 신부님이 되기 위한 학부"라는 인상을 주는 것 같습니다. 아마도 단순히 명칭상의 문제겠지요.

당사자인 대학 측에서도 이대로라면 학생들이 오지 않는다고 생각해서 학부 명칭을 바꾸고 있습니다. 이런 현상은 특히 불교계 대학에서 두드러집니다. 쿠가이空海 스님이 헤이안 시대平安時代에 서민을 위해 개교한 '슈게이슈치인綜藝種智院'을 기원으로 하는 슈치인대학種智院大學은 서일본에서 유일하게 불교학부를 가진 대학이었습니다. 하지만 2008년에 불교학부를 인문학부로 개칭하였습니다. 학부명 개칭의 배경에는 지원자 감소가 있었던 것 같습니다.

슈치인대학은 원래 불교학부 불교학과만의 4년제 단과대학이었다. 99년에 불교복지학과를 신설하고 2005년에 사회복지학부로 개칭했다. 최근 몇 년 동안 불교학과 입학자는 정원 50명의 10~40%를

밑돌고 있고, 사회복지학과도 올해 봄에는 정원 100명의 약 절반밖
에 입학하지 않았다.

동 대학은 최근 인터넷으로 대학 정보를 검색하는 수험생들이 '불
교학부'에 관심을 잃고, 사회복지학과의 안내는 보지도 않는다고 분
석하고, 학부 명칭이 학생 모집의 걸림돌이 되고 있다고 판단했다.

〈'불교' 간판 내립니다 대학 "학생 안 모여"〉,

《아사히신문朝日新聞》 2007년 7월 28일자.

같은 해에 시텐노지국제불교대학四天王寺國際佛敎大學도 학교명을
시텐노지대학四天王寺大學으로 변경하였다. 변경 이유 중 하나는 '불
교'라는 명칭이 장례식 같은 이미지를 주어서 지원자들이 거부감
을 갖는다는 것입니다. .

제사法事 등을 제외하면 대학에 입학할 때까지 종교를 접할 기회
가 드문 현실에서, 점점 많은 고교생들이 '불교'를 자신과는 무관하
다고 생각하는 것은 어쩔 수 없는 일이겠지요. 생존을 걸고 학생을
확보하기 위해 경쟁하는 대학업계가 마케팅적 관점에서 학부·학과
이름을 변경하는 것이 어쩔 수 없는 부분도 어느 정도는 있습니다.

물론 많은 불교계 대학에서는 건학 이념을 현재까지 계승하고 있
습니다. 불교 정신에 입각한 교육이 이루어지고 있는 점은 변함이
없습니다. 그리고 학부 이름에서는 모습을 감추었지만, 학과나 전
공 등의 명칭에는 여전히 '불교'라는 두 글자를 쓰고 있는 대학도
적지 않습니다. 각 대학은 딜레마 속에서도 어떻게 해서든 많은 학

생들에게 불교적 관점을 알리기 위해 다양한 궁리를 하고 있습니다.

　이러한 와중에 최근에는 특필할 만한 일도 일어나고 있습니다. 한때는 불교학부가 세 군데밖에 남지 않을 만큼 줄어들었는데, 2010년에 다이쇼대학大正大學과 불교대학佛敎大學에서 소멸했던 불교학부가 '부활'한 것입니다. 이 혼미한 시대 속에서 '불교'라는 간판으로 다른 대학과의 차별화를 시도하는 대학이 나타난 것입니다. 앞으로 종교계 학부가 어떻게 전개될지 눈을 뗄 수 없습니다.

이공계의 간판 상황

이학계, 공학계의 간판 학부로는 어떤 것들이 있을까요?

　제2장에서 소개해 드린 신슈대학信州大學 섬유학부나 아키타대학秋田大學 공학자원학부와 같이 간혹 독특한 명칭도 있지만, 이것은 보기 드문 경우입니다. 이공계 학부는 기본적으로 '이학부', '공학부', 그리고 그것을 통합한 '이공학부'의 세 가지가 중심입니다. 그래서 학부 이름에는 다양성이 별로 없었습니다.

　그런데 기술자 양성을 집중적으로 내세우는 공과계의 경우에는 오히려 학과명이 중요합니다. 가령 같은 공학부 안에서도 기계공학과와 건축학과는 전문 분야의 내용이 크게 다릅니다. 공과계 학생의 전문성은 학부보다도 학과명으로 증명되는 경우가 많습니다.

　"기업은 신입사원을 채용할 때 대학에서 배운 전문지식이나 기술을 별로 중시하지 않는다"라는 말이 오래전부터 내려오고 있지만, 적어도 공학계의 경우에는 해당되지 않는 이야기입니다. 예를 들면 제조회사와 같은 기술직에 취직할 경우, 일정 이상의 전문지식이 없으면 쓸모가 없습니다. 그때는 어느 학과를 졸업했느냐가 중요합니다. 실제로 기술직 채용에서는 응모 조건에 '전기공학', '건축·토목공학'과 같은 전공명을 명시하는 사례가 적지 않습니다. 그래서 공학계에서 간판 학과의 명칭은 현실과 직결되어 있다고 볼 수 있겠지요.

그런 간판 학과의 사례를 살펴보기로 합시다.

오랜 역사 속에서 조용히 특정 분야, 특정 업계에서 일대 세력을 이룬 사례들이 있습니다.

다음의 표는 건축업계의 명품 자격인 '1급 건축사'의 대학별 합격자 수 톱5입니다. 1급 건축사 시험의 합격률은 매년 10% 전후로, 기술계에서 어렵다고 소문난 자격 중 하나입니다. 그래서 높은 합격률은 대학으로서는 절호의 PR 재료가 됩니다.

1급 건축사 합격자수 (2011년)

니혼대학	267명
도쿄이과대학	129명
시바우라공업대학	100명
긴키대학	83명
고가쿠인대학	80명

여기에 나오는 상위 5개 학교에는 공통점이 있습니다. 그것은 건축과 관련된 여러 학과들을 가지고 있다는 것입니다. 예를 들면 니혼대학日本大學의 경우에는 이공학부, 생산공학부, 공학부, 예술학부에 각각 건축계 학과·전공이 있습니다. 긴키대학近畿大學과 고가쿠인대학工學院大學은 2011년에 일본 최초로 단독 학부로 '건축학부'를 동시에 개설할 정도로, 원래부터 건축계 학과가 충실합니다. 즉, 학생 수의 규모가 크기 때문에 결과적으로 합격자 수도 늘어난다는 것입니다.

앞에서 말했다시피 공학계에서는 학과의 차이가 취직 시 진로와도 연결됩니다. 건축계 학과의 정원이 많다는 것은 건설업계에 다수의 졸업생이 활동하고 있고, 그들이 일대 세력을 구축하고 있다는 뜻입니다. 앞에서 살펴본 5개 학교는 역사도 오래되고 다수의 졸업생이 여러 분야에서 활약하고 있습니다. 대형 종합건설회사에는 각각의 동창회 조직이 있어서 후배들을 지원하고 있습니다.

이렇듯 공과계에는 건축계 학과와 같이 '숨은 간판 학과'라고 할 수 있는 학과가 다수 존재하고 있습니다.

항공·우주계 학과의 새로운 움직임

전국적으로 몇 안 되는 학과·전공 중 하나가 항공공학, 우주공학 관련 학과입니다. 국립대학에서는 도쿄대학과 도호쿠대학, 나고야

대학, 규슈대학, 무로란공업대학室蘭工業大學, 공립대학에서는 수도대학도쿄首都大學東京 등에 개설되어 있습니다. 사립으로는 니혼대학日本大學과 도카이대학東海大學, 가나자와공업대학金澤工業大學, 데이쿄대학帝京大學, 가나가와공과대학神奈川工科大學, 소조대학崇城大學 등이 항공우주공학 관련 학과·전공을 가지고 있습니다.

항공·우주계 학과는 실험 설비만 해도 어마어마해서 쉽게 만들수 없는 학과입니다. 하지만 항공·우주 분야를 동경하는 학생들도 많아서, 대부분의 경우 그 학부에서 1, 2위를 다투는 인기 학과가 되고 있습니다. 항공·우주 관련의 연구개발, 정비 운영에 종사하는 기술자나 연구자의 육성을 주된 목적으로 내세우고 있는데, 와카타코이치若田光一 나 도이 다카오土井隆雄, 노구치 소이치野口聰一, 야마자키 나오코山崎直子 등 일본인 우주비행사들 중에는 항공우주 관련 학과를 졸업한 사람이 많은 점도 간과할 수 없습니다.

현재 일본 유수의 규모를 자랑하는 종합대학인 도카이대학은 원래 항공과학전문학교航空科學專門學校로 시작했습니다. 니혼대학의 이공학부 캠퍼스에는 거대한 활주로가 있고, 소조대학은 실습을 위해 구마모토공항熊本空港과 유도활주로로 연결되어 있는 '공항 캠퍼스'를 보유하고 있습니다. 일본에서 유일합니다. 도쿄대학은 세계 최초로 학생이 개발한 인공위성을 발사하고 운영하고 있습니다. 이와 같이 각 대학들은 특별한 교육 환경으로 고교생의 마음을 사로잡고 있습니다. 또한 이들 대학 중에는 요미우리 텔레비전이 매년 주최하는 '새鳥 인간 콘테스트'에 참가하는 대학이 많은데, 이 프로그램을 통해 알게 되어 지원한 학생도 많은 것 같습니다.

아울러 새로운 전개도 일어나고 있습니다. 2006년에 도카이대학은 항공회사 '전일본공수'와 협력해서 조종사 양성을 목적으로 하는 '항공우주학과 항공조종학 전공'을 개설했습니다. 4년 동안 미국 연방항공국 및 일본 국토교통성항공국이 인정하는 사업용 조종사의 각종 자격을 취득하는 과정을 개설하여, 종래에는 없는 교육 내용으로 화제가 되었습니다.

그 배경에는 단카이세대團塊世代의 정년에 따른 심각한 조종사 부족 문제가 있습니다. 2007년부터 5년 동안 단카이세대의 약 1,300명의 조종사가 퇴직하였고, 전일본공수에서만 약 450명이 퇴직했습니다. 전 조종사의 4분의 1에 해당하는 무시할 수 없는 숫자입니다. 전일본공수의 전면 협력은 조종사 공급의 선택지를 늘리기 위해서였습니다.

그때까지만 해도 조종사가 되기 위해서는 일본항공이나 전일본공수에 후보생으로 입사하거나, 대학 졸업 후 항공대학교에 진학하는 두 가지 길밖에 없었습니다. 따라서 4년간의 학사 과정 동안에 조종사 자격을 딸 수 있다는 것은 학생들에게 '제3의 길'을 열어 준 획기적인 사건입니다. 기업의 입장에서도 조종사를 독자적으로 양성하려면 막대한 수고와 비용이 들기 때문에, 대학과 협력해서 함께 교육하는 편이 결과적으로 비용을 줄일 수 있습니다.

이 항공조종학 전공은 미국 전체 조종사 양성 분야에서 손꼽히는 교육 환경을 자랑하는 노스다코타대학University of North Dakota에 약

15개월 동안 유학하는 커리큘럼으로 운영되고 있어, 숨어 있는 '본격 국제계' 학과라고 할 수 있습니다.

이 움직임에 다른 대학도 동참했습니다. 소조대학은 우주항공시스템공학과에 '전수 과정 파일럿 코스'를 설치했습니다. 이곳은 앞에서 소개한 공항 캠퍼스에서 실습하기 때문에, 국내에서 완결되는 커리큘럼입니다. 공항 캠퍼스에 기숙사가 있어서, 파일럿 코스생은 3년 차부터 졸업 때까지 이곳에서 보냅니다. 공항에 살면서 배우는 감각을 다른 곳에서는 맛볼 수 없습니다.

흥미로운 것은 오비린대학櫻美林大學이나 호세이대학法政大學 등 항공우주공학계 학과가 없는 대학도 파일럿 양성 과정을 설치하기 시작했다는 점입니다. 오비린대학은 '비즈니스매니지먼트 학군學群, 에비에이션 매니지먼트 학류學類, 플라이트 오퍼레이션 코스'에서 조종사를 양성합니다. 4년 동안 전원 기숙사 제도를 원칙으로 하고, 훈련은 2년간의 뉴질랜드 유학으로 보완합니다. 호세이대학은 고배공항神戸空港을 훈련 거점으로 삼고, 국내에서의 자격 취득을 내세우고 있습니다.

오비린대학처럼 공학부가 없는 대학도 훈련을 맡아 주는 파트너와 연계함으로써 방법에 따라서는 조종사 양성 과정을 운영할 수 있다는 말인지도 모르겠습니다. 소조대학과 호세이대학도 비행 실습 등, 훈련의 일부를 민간 기업에 위탁하고 있습니다. 오비린대학은 유학으로 이어지는 국제 교육이라는 장점을 갖고 있습니다. 이처럼 대학마다 커리큘럼이 다른 점도 재미있는 부분입니다.

참고로 조종사 양성 과정의 경우에는 실습비 등이 불어나는 경우도 있어서 학비는 고액입니다. 4년간의 학비는 비행 훈련 실습 비용이나 기숙사 비용까지 합치면 1,000만~1,700만 엔 정도입니다. 의대보다는 싸지만 공대의 다른 학과들에 비하면 상당히 비싼 수준입니다. 각 대학들은 장학금을 마련하는 등 지원에 힘쓰고 있습니다.

하지만 조종사 자체의 급여 수준이 원래 높기 때문에 그리 걱정할 필요는 없을지도 모릅니다. 후생노동성의 「임금구조 기본통계조사」에 따르면, 2010년의 조종사 평균 연봉은 1,136만 엔(평균 연령 42세)입니다. 항공회사의 조종사 수요가 어느 정도 유지된다면, 학비를 갚을 수 있는 가능성은 높아 보입니다. 현재는 수험생들 사이에서 인기도 상당히 높은 편입니다. 조종사 양성 코스를 각 대학에서 잇따라 설치한 것도 납득이 갑니다.

참고로 데이쿄대학帝京大學의 항공우주공학과에는 '헬기 파일럿 코스가' 있습니다. 4년 동안 헬기의 사업용 조종면허 취득을 목표로 하는 코스로, 그 배경에는 조종면허를 가진 단카이세대의 퇴직과 구급의료 등과도 관계되는 '닥터헬기' 등의 수요 확대가 있습니다. 국가에서도 현재 닥터헬기 도입 촉진 사업을 추진하고 있어서, 조종사 육성에 수요가 있다는 판단이겠지요. 의료계의 교육 연구 기관을 산하에 많이 두고 있는 데이쿄대학 그룹 특유의 연계도 기대됩니다.

'원자력'이라는 간판, 어떻게 되나?

공학계 학부·학과는 사회의 요청이나 당시의 뉴스에 휘둘려 온역사를 갖고 있습니다. 기술 혁신, 이노베이션은 언제나 일어나기때문에 새로운 기술이 개발되면 관련된 기초·응용의 교육연구가필요하게 됩니다. 전시戰時 중에는 항공이나 통신, 각종 무기 관련기술에 주력하게 됩니다. 인터넷에 의한 사회의 고도정보화에 맞춰서 최근에는 정보와 관련된 학부·학과가 늘어나고 있는 추세입니다.

원자력공학을 공부하는 학과는 시대에 따라 전형적으로 부침이심한 사례일 것입니다.

도쿄도시대학東京都市大學(옛 무사시공업대학武藏工業大學)은 1960년에 원자력연구소를 설치하고, 1963년에 연구용 원자로 운전을 시작하는등 원자력 분야의 인재를 육성하는 데 깊이 관여해 왔습니다. 원자력을 전문적으로 다루는 학과·전공은 전국적으로도 많지 않아서,이 대학의 간판 학과였습니다. 그 밖에도 도쿄대학이나 교토대학,도카이대학 등의 대학이 원자력 관련 교육을 전문적으로 실시하는학과나 전공을 운영했습니다.

그러다가 1986년의 체르노빌 원전 사고나 1999년의 이바라키현茨木縣 도카이마을東海村의 임계사고 등을 계기로, 대부분의 대학들이 원자력공학을 '에너지공학'이나 '양자공학'이라는 명칭으로 개칭했습니다. 일본원자력산업협회에 따르면, 1990년대 초에는 원자력 관련 학과와 전공이 약 20개 정도 있었는데, 그 후 10년 만에 절반으로 줄었다고 합니다. 역시 이미지가 악화되면서 학생 모집으로 고민하던 시기가 있었던 것 같습니다. 도쿄도시대학東京都市大學도 원자로를 2003년에 정지시키고, 폐로閉爐를 결정했습니다.

하지만 원자력 발전이 대규모로 행해지고 관련 기술자를 필요로 하는 상황이 바뀌지 않는 이상, 교육을 정지시킬 수도 없습니다. 앞에서 보았듯이 개칭된 학과와 전공에서 인재 육성은 계속됩니다.

그 후 이미지가 회복됨에 따라 조금씩 원자력 복권 움직임이 일어나기 시작합니다. 2005년에 후쿠이공업대학福井工業大學은 원자력기술응용공학과를 개설하였습니다. 같은 해에 도쿄대학에서도 대학원에 원자력 전공과 원자력국제 전공을 개설하고, 12년 만에 원자력이라는 이름을 가진 전공을 부활시킵니다. 2010년에는 도쿄도시대학과 와세다대학이 대학원에 공동으로 '공동원자력 전공'을 설치하였습니다. 도카이대학東海大學은 같은 해에 '에너지공학과'를 원래의 명칭인 '원자력공학과'로 바꾸었습니다.

"이제 나쁜 이미지는 희미해졌다"라는 판단에서 고교생들이 알기 쉽게끔 '원자력'이라는 명칭으로 되돌린 것입니다. 내려 놓았던 간판이 다시 빛을 발하게 되었습니다.

그리고 2011년 3월 11일, 동일본대지진과 이것을 계기로 일어난 도쿄전력東京電力·후쿠시마福島 제1원전 사고에 대해서는 아시는 바와 같습니다. 아직 사태가 끝난 것 같지 않은 상황에서, 원자력 발전에 대해 다시 생각해 보자는 움직임이 여러 곳에서 일어나고 있습니다. 원자력 발전으로부터의 탈피를 호소하는 의견도 종래 이상으로 커다란 운동이 되는 것 같습니다.

　원자력 발전을 그만둔다고 해도 그것을 안전하게 처리하기 위해서는 원자력에 대해 깊게 공부한 우수한 기술자가 반드시 필요합니다. 2011년의 원전 사고는 종합적인 관점에서 원자력을 안전하게 관리할 수 있는 인재가 부족했다는 사실을 우리에게 역설적으로 알려 주었습니다. 그런 점에서 원자력 교육의 필요성은 사라지지 않을 뿐만 아니라 오히려 높아지고 있다고 생각됩니다.

　하지만 앞으로는 종래 이상으로 '원자력'이라는 간판이 부정적인 이미지로 보이리라 예상합니다. 어떻게 하면 이해를 얻을 수 있을지, 관계자들은 끊임없이 고민합니다.

공과계에도 학부 다양화 움직임?

　앞에서 살펴본 것처럼 다양성이 별로 없었던 공과계학부에도 변화가 일어나고 있습니다. 최근 '시스템공학부', '디자인공학부'와 같이 두 단어를 합친 복합적 명칭을 가진 학부들이 조금씩 등장하기 시작하였습니다. 또한 2000년 무렵에 미국의 'IT 버블'의 흐름을 타고서 한때 많은 대학들은 '정보○○학부'를 신설했는데, 그중에는 이공계 학부를 개조·재편해서 만들어진 곳도 적지 않습니다. 그런데 IT 벤처가 잇달아 탄생했던 시기에 이 대학들이 정보계 학부의 설립을 결정하고, 마침내 인가를 받아서 최초의 입학생을 받아들인 무렵에는 이미 IT 버블이 끝난 후였다는 말도 많았던 것 같습니다만 -.

공과계 단과대학 사이에서 복수의 학부를 설치하는 움직임도 잇따르고 있습니다. 고가쿠인대학工學院大學, 시바우라공업대학芝浦工業大學, 도쿄전기대학東京電機大學, 도쿄도시대학東京都市大學은 '공과계 단과대학'에서 오랜 역사와 전통을 바탕으로 '도쿄 4개 이공理工'을 자칭하고 있고, 산업계로부터의 높은 평가 등을 배경으로 발전해온 대학입니다. 전국적인 지명도는 낮을지 모르지만, 기술자 교육을 착실하게 이어오고 있고, 제조회사 등을 중심으로 취업 실적도 양호합니다. 말하자면 '공과계 단과대학'이라는 간판을 내걸고, 그것을 강점으로 삼아 온 대학군大學群이라 할 수 있습니다.

하지만 그런 공과계 대학의 세계에도 1990년 무렵부터 다른 대학과 마찬가지로 학부 신설의 움직임이 일어납니다. 다음의 표와 같이 더이상 단과대학이라고 부를 수 없는 상황이 되었습니다.

고가쿠인대학: 4학부		시바우라공업대학: 3학부		도쿄전기대학: 4학부		도쿄도시대학(구 무사시공업대학): 5학부	
1949	공학부	1949	공학부	1949	공학부	1949	공학부
2006	정보학부	1991	시스템공학부 (현: 시스템이공학부)	1977	이공학부	1997	환경정보학부
2006	글로벌엔지니어링학부	2009	디자인공학부	2001	정보환경학부	2007	지식공학부
2011	건축학부			2007	미래과학부	2009	도시생활학부
						2009	인간과학부

흥미로운 것은 앞에서 살펴본 4개 대학도 어느 방향으로 나아갈 지에 대한 지향성에 있어서는 차이를 보인다는 점입니다. 특히 두드러진 것은 도쿄도시대학으로, 학제·문리 융합을 전면에 내세운 환경정보학부의 설치를 비롯하여 종합대학으로 가는 길을 걸어가고 있습니다. 2009년에는 같은 학교법인인 고토육영회五島育英會가 경영하는 도요코가쿠엔여자단기대학東橫學園女子短期大學을 통합하여, 오랜 역사를 지닌 '무사시공업대학'이라는 명칭 자체를 바꿨습니다. 오랫동안 익숙해진 학교 이름을 바꾸는 일은 어느 대학이든 논란이 될 만한 대사건입니다. 이 대학의 경우에도 '공工'자를 없앤다는 결단에 학교 내외에서 찬반양론이 있었던 것 같습니다.

1990년 무렵부터 공학부를 지망하는 수험생 수가 계속 줄고 있고, '공학부 회피'라는 문제가 언론 매체를 통해서도 보도되었습니다. '공工'이라는 간판으로는 앞으로 학생을 모집하지 못하게 되는 것이 아닐까 우려한 대학도 많았던 것 같습니다. '도쿄 4개 이공' 같은 공과계 단과대학은 공과계라는 간판을 가지고 이대로 승부할 것인가, 아니면 탈脫 공과대학으로 나아갈 것인가라는 갈림길에서 선택할 수 밖에 없었습니다. 그중에서도 무사시공업대학은 후자를 택한 것입니다.

이에 대해 다른 세 대학은 다학부화多學部化를 추진하고 있지만, 그것은 어디까지나 '공학계'라는 테두리 안에서 이루어집니다. 시바우라공업대학의 디자인공학부는 수학, 물리학이나 역학力學 등 기술을 배우기 위해 필요한 기초 과목을 필수로 삼고 있어서, 이곳

역시 '공학부'를 바탕에 두고 있다는 생각을 떠올리게 합니다.

물론 앞으로 공과계 대학이 어떤 간판을 내거는 것이 좋을지는 아직 아무도 모릅니다. 만약에 도쿄도시대학이 성공한다면 그 뒤를 따르는 대학도 늘어날지 모릅니다.

그런데 개인적으로 마음에 걸리는 것은 이 대학들이 신설한 학부의 명칭입니다. 하나같이 무엇을 교육하는 학부인지, 이름만 보아서는 상상하기 어렵습니다. 오히려 학부 명칭을 떼고 학과 이름을 보는 편이 알기 쉬울 것 같습니다. 학부 이름에 담긴 이념이나 생각이 실제 교육 커리큘럼과 연결된다면 대학의 의도가 더욱 쉽게 전해지지 않을까요.

국제계 학부의 한계?

제3장에서는 국제계 학부가 증가하는 현상을 소개해 드렸습니다. 국제계 학부를 신설하는 움직임은 일본의 대학교육, 나아가서는 일본 사회 전체의 국제화를 촉진시키는 한 걸음으로 환영받을 만한 일입니다. 어학계 학부가 아닌 종합대학에서 이런 교육이 이루어지는 것은 사회적 흐름으로 보아도 자연스러운 일이겠지요.

한편 이와 같은 국제계 학부의 대두는 일본 대학의 한계도 보여주는 것 같습니다. 글로벌 사회의 도래가 불가피하다면, 국제계 학부를 설립하고 캠퍼스의 한정된 범위만을 '국제사회'로 삼을 것이 아니라, 공학부와 같은 이공계는 물론이고 대학 전체를 국제화하는 것이 마땅하기 때문입니다. 하지만 실제로 전문 수업을 영어로 진행해 달라고 했을 때, 대응할 수 있는 대학 교수는 그리 많지 않습니다. 영어를 할 수 있는 데다가 외국 학생들도 탄성을 지를 만한 수업을 할 수 있는 교수는 극소수일 것입니다. 국제화라는 점과 교육 환경의 수준이라는 점에 있어서 아직 일본의 대학은 미국의 그것에 훨씬 못 미칩니다. 특구로서의 '국제계 학부'를 세워야 하는 것도 이런 현실 때문입니다.

현재 세계 각국은 다양한 형태로 고등교육을 운영하고 있습니다. 그중에서 어느 나라가 가장 높은 평가를 받고 있는가 하면, 현 시점에서는 역시 미국이겠지요. 세계 대학 순위에서도 미국의 대학이 상위를 독점하고 있으니까요. 옥스퍼드, 케임브리지와 같은 영국의 두 대학을 제외하면 상위 10위에 모두 미국의 대학이 올라와 있는 경우도 드물지 않습니다. 리버럴 아츠 형태의 학사 교육과 수많은 노벨상 수상자를 만들어내는 연구형 대학원, 그리고 '프로페셔널 스쿨'이라고 불리는 전문교육형 대학원의 조합은 전 세계 수많은 유학생들을 끌어들이고 있습니다. 기업으로부터의 수탁 연구와 전문가에 의해 운용되는 대학기금은 매년 거액의 운용 이익을 낳고, 고도의 교육·연구 환경을 뒷받침하고 있습니다.

이와 같이 미국의 고등교육은 여전히 전 세계적으로 높은 경쟁력을 가지고 있지만, 최근 10년 동안 우수한 유학생들이 미국에 머물지 않고 모국으로 귀국하는 경향도 나타난다고 합니다. 그런 위기감에서 오바마 대통령은 '고용·경쟁력 회의'를 통해 미국의 대학에서 이수계理数系의 학위를 취득한 모든 외국인에게 그린카드(영주권)를 주어야 한다고 제안하는 등의 대책을 강구하고 있습니다. 해당자의 대부분은 중국이나 한국, 인도에서 온 유학생일 것입니다. 2006년도에 미국 전역에서 박사학위를 취득한 45,596명을 대상으로 조사하고 분석한 결과, 출신 대학의 1위가 칭화대학清華大學, 2위가 베이징대학北京大學이었다는 결과가 나올 정도입니다.

국력 저하가 거론되고 있는 미국이지만, 전 세계의 인재들이 모여들고, 경제와 학술을 활성화한다는 점에서는 여전히 막강합니다. 이러한 인재들이 세계 각국과의 정치경제 네트워크로 다양한 역할을 수행하고 있는 면도 간과할 수 없습니다. 호주와 같이 유학생이 졸업 후에 영주권을 쉽게 취득할 수 있도록 장려하는 국가도 있기 때문에 미국도 앞으로 몇십 년 후를 바라보면서 존재감을 유지하기 위해 손을 쓰고 있는 것입니다.

OECD가 실시한 조사에 따르면, 현재 전 세계의 유학생은 대략 370만 명입니다. 전 세계를 캠퍼스로 삼는 이 학생들은 "모국 밖에서 일한다"라는 선택지를 가진 인재이기도 합니다. 자신의 경력을 위해서, 혹은 그 나라의 정치경제 상황을 보면서 국경을 넘나들 수 있는 사람들입니다. 이 370만 명을 끌어들이기 위해서, 인재를 획득하기 위해서 치열한 경쟁을 해야하는 것이 오늘날 전 세계 대학의 현실입니다.

반면에 일본에서는 지식인이라고 불리는 사람조차 "유학을 하면 일본의 취직 활동과 시기가 어긋나기 때문에 유학은 하지 말라고 학생들에게 권하고 있다"라는 주장을 하는 경우도 적지 않습니다. 위기 의식의 차원이 전혀 다릅니다. 각국의 대학들은 "내버려두면 미국으로 가버리는 전 세계의 우수한 인재들을 어떻게 하면 자국으로 불러들일 것인가?"라는 문제로 치열한 경쟁을 하고 있는데 말입니다.

현재 일본에서도 영어로만 수업이 진행되는 대학원을 정비하고 있습니다. 하지만 영어 환경이 갖추어진다고 해서 세계의 상위권 인재들이 저절로 모여들까요? 그럴 리 없습니다. 미국으로 가버리는 전 세계의 우수한 인재들을 "잡으러 가기" 위해서는 어떻게 하면 좋을까요? 이것이 일본의 커다란 과제입니다.

세계적 수준의 '일본의 간판 학부'를 찾다

일본에는 '경영'이나 '과학기술'과 같이 전 세계적으로 주목받아 온 분야도 있습니다. 일본식 경영은 여러 면에서 재검토되어야 할 부분도 있겠지만, 그래도 여전히 전 세계의, 특히 발전도상국에게 일본의 경영은 배울 만한 가치가 있다고 평가받고 있습니다. 오오이타大分 벳푸別府의 리츠메이칸立命館 아시아태평양대학에는 아시아, 아프리카를 중심으로 전 세계에서 학생들이 모여들고 있는데, 유학생에게 인기가 있는 학부는 역시 경영을 공부하는 학부라고 합니다. 국제경영대학도 전공은 글로벌 스터디즈 과정과 글로벌 비즈니스 과정의 두 종류로 이루어져 있습니다. 유학생을 많이 초대하고 국제적인 대학으로서 세계를 향해 나아가기 위해서는 "일본에서 공부할 만한 가치가 있다"라고 생각되는 학문 분야의 교육 환경을 국제화하는 것이 중요할 것 같습니다.

최근에는 만화나 애니메이션 등을 교육·연구하는 학부를 내세워서 유학생을 불러들이려는 대학도 있는데, 이것도 하나의 방법입니다. 일본의 대중문화는 전 세계에 자랑할 만한 문화·산업이고 전 세계적인 팬을 갖고 있기 때문에 국가 차원에서 일본의 '간판 학부'의 하나로 만들어 가면 좋을 것 같습니다.

개인적으로는 이와 마찬가지로 경영학부, 상학부나 이공학부에 아시아와 아프리카의 유학생을 불러들이는 노력도 중요하다고 생각합니다. 구舊 제국대학을 비롯하여 일본이 자랑하는 연구중심대학에서는 과학기술을 중심으로 아주 높은 수준의 교육·연구가 이루어지고 있습니다. 이곳에 도상국의 상위 학생들을 불러들이는 일이야말로, 세계적인 추세로 볼 때 지금 일본의 대학이 해야 할 일이 아닐까 싶습니다. 일본의 경영, 일본의 기술을 배운 학생들이 싱가포르나 방콕, 두바이나 상하이上海와 같은 무대에서 일하고, 이렇게 일본과 네트워크를 만들어 준 분들이 다른 분야에서도 일본을 밀어 주면 좋겠습니다. 대중문화 이외에도 세계적인 일본의 간판 학부라고 할 만한 분야는 있을 것입니다.

국제계 학부의 대두는 그 첫걸음이라는 의미에서 크게 평가할 만한 일입니다. 하지만 최종적인 목표는 다른 학부의 교육·연구 환경을 국제적 수준으로 끌어올리는 일이겠지요.

국제 환경에서 전문교육을 실시하는 학부의 도전

그런 관점에서 보면 흥미로운 움직임도 있습니다. 릿쿄대학立教大學 경영학부는 글로벌 환경에서 싸울 수 있는 리더 인재 육성을 미션으로 내세우고 있습니다. 물론 '어학에 주력', '실천적인 배움'과 같은 키워드를 내세우는 경영계 학부는 다른 대학에도 있지만, 릿쿄대학의 미션은 철저합니다. 특히 이 학부의 국제경영학과에서 글로벌 대응을 위해 진행하는 교육은 그 이름이 부끄럽지 않을 정도입니다.

전 학년 공통의 영어 교육에 더해서 1학년 여름은 해외 제휴대학에서 비즈니스영어의 기초를 집중적으로 배우고, 1학년 후반기부터는 대학의 전문 과목을 영어로 배우는 트레이닝 과목으로 들어갑니다. 경영계의 전문교육 과목 담당 교수와 영어교육 담당 교수가 연계해서 단계적으로 영어의 난이도를 올리고, 최종적으로는 영어권 대학과 동일한 수업 수준에 도달하도록 하는 커리큘럼입니다. 전문교육 과목의 3분의 2는 영어로 진행되고, 유학생도 많아서 수업에 따라서는 절반 가까이가 유학생인 경우도 있습니다.

수업은 소수 인원으로 진행되고, 사회의 여러 과제를 팀으로 해결하는 프로젝트 학습을 중시합니다. '국제경영학', '국제파이낸스', '문화와 커뮤니케이션'이라는 3개의 전문 영역을 주로 영어로 배웁니다. 기업인에 의한 세미나 기회가 많은 것도 릿쿄대학의 오랜 전통과, 이케부쿠로池袋라는 유리한 입지 덕분이겠지요. 해외 리더십 연수, 해외 인턴십 등의 해외 연수에 참가할 기회도 제공하여, 학생이 스스로 움직이고 리더십을 발휘할 수 있게 하는 능동적 환경입니다. 이 학부에서는 비즈니스 지식은 물론이고 영어로 프레젠테이션이나 교섭할 수 있는 힘을 몸으로 익힐 수 있다고 홍보하고 있습니다. "팀으로는 강하지만 개개인은 약하다"라는 일본 기업인의 이미지를 불식시킬 만한 교육, 강한 비즈니스 리더 육성을 떠올리게 하는 교육입니다. 그야말로 글로벌 시대의 일본의 대학교육을 리드하고 있는 학부입니다.

일본의 장기는 '모노즈쿠리(=물건 만들기)'인데, 엔지니어를 양성하는 세계에서도 독자적인 빛을 발하는 학부가 있습니다. 기술 분야는 세계 공통이라는 생각에서 고가쿠인대학工學院大學 글로벌엔지니어링 학부는 세계에서 활약할 수 있는 '글로벌 엔지니어' 육성을 내세우고 있습니다. 기계공학을 기반으로 하는 기계창조공학과의 한 학과로, 기술자로서의 전문 지식과, 해외의 습관·문화에 관한 지식을 포함한 커뮤니케이션 능력을 몸에 익히는 것을 목표로 하고 있습니다. 기계공학을 배우는 학과에서 커뮤니케이션 능력 양성을 핵심으로 삼는 경우는 드뭅니다. 거기에는 당연히 커뮤니케이션 도

구로서의 영어 교육도 포함되어 있습니다.

자기가 개발한 제품이나 관여한 프로젝트를 영어로 설명하는 능력이 기술자에게 필요하다는 취지에서 이 학부의 영어 강사는 모두 원어민입니다. 뿐만 아니라 "영어 회화를 가르치는 프로페셔널" 영어회화학교 벨리츠Berlitz와 협력하여 영어를 철저하게 교육하고 있습니다. 이런 수업으로 세계의 습관이나 문화에 대한 올바른 지식은 물론이고, 기술자에 필요한 영어의 전문용어, 가령 수식數式, 단위, 설계도, 프로그램 등에 대해서도 배워 나가는 것입니다. 3, 4년 차의 'FEFundamentals of Engineering' 과목에서는 미국의 기술자 자격인 FE 시험 합격을 목표로, 영어 텍스트로 된 재료과학이나 전자기학, 응용수학 등의 내용을 배웁니다. 게다가 3년 차에는 거의 전원이 해외 연수에 참가하는데, 제휴 상대는 명문 공과계 대학이고, 현지에서는 영어 회화뿐만 아니라 기술계 교육도 영어로 받을 수 있습니다.

기술계의 전문교육도 독특합니다. 지식이나 기술을 배우는 것만으로는 참된실무 능력을 갖출 수 없으므로, 마치 의사가 임상의료 현장에서 실력을 연마하듯이 기술자도 사회의 여러 기술적 과제를 마주함으로써 제대로 된 기술자가 됩니다. 이러한 생각에서 'ECPEngineer Clinic Program'라는 프로그램이 만들어졌습니다. 3, 4년 차의 2년 동안 학생들은 기업에서 제공하는 현장 주제와 씨름합니다. 자신들이 연구 계획을 세우고, 기업의 엔지니어와 공동 연구하면서 해결책을 찾아 나가는 커리큘럼입니다. ECP를 통해 몸에 익히는 프로젝트 매니지먼트 능력은 해외 거점에서 리더가 될 기술자에게는 확실히 필요합니다. 대학에서 배운 지식이나 기술이 사회에서 어떻게 활용되는지 알 수 있는 기회이기도 하고, 실제로 이 프로그램을 통해 상품이 개발되거나 특허를 신청하는 경우도 있습니다.

고교생이 진로를 선택할 때 "수학이 약하니까 인문계", "영어가 약하니까 이공계"라고 생각하는 경향은 예전부터 있었습니다. 그리고 영어를 잘하는 고교생이 지원하는 학과는 예전 같으면 문학부와 영문학과 또는 외국어학부였습니다. 그런데 지금은 그러한 경향이 앞서 소개한 리버럴 아츠계 학부로 이동하고 있습니다. 앞으로는 단순히 영어를 할 줄 안다는 것만으로 사회에서 스스로를 차별화할 수 없습니다. '영어를' 배우는 것이 아니라 '영어로' 무엇을 배우느냐가 중요하다는 메시지가 고교생들에게도 전달되기 시작한 것입니다.

앞으로는 대학 전체가 국제화되고, 모든 학문이 세계 표준이 되는 시대입니다. 일본을 대표하는 글로벌 컴퍼니에서도, 전 세계 점유율 1위 상품을 판매하는 숨은 중소기업에서도 영어로 비즈니스를 하고 있습니다. 통역이나 번역가도 좋지만, 비즈니스의 최전선에서 스스로 세계와 통하는 창문이 되는 것도 나쁘지는 않습니다. 기술자도 마찬가지입니다. 중소 메이커가 독자적인 기술로 높은 세계 점유율을 차지하고 있는 오늘날에는 이공계야말로 영어를 구사하지 않으면 안 됩니다. 이공계 학생이 대학원에서 해외에 진학하는 사례도 늘고 있고, IT산업의 중심지인 실리콘밸리 등지에서는 전 세계에서 모인 기술자나 연구자가 영어로 의사소통하며 일하고 있습니다. 많지는 않지만 일본인의 모습도 보입니다. 수준 높은 기술을 가진 일본 기술자들은 기술만큼 소통 능력을 연마해서 전 세계로 뛰어들어야 합니다. 그래야 기회도 많아질 것입니다.

각 대학은 리버럴 아츠계와 더불어 기존 학부의 국제화를 통해 앞으로의 승부를 걸게 될 것입니다.

외부에서 간판 학부를 얻는 M&A

2006년 1월, 한 편의 뉴스가 전국의 대학 관계자들을 놀라게 했습니다. 효고현兵庫縣에 본부를 가진 간사이가쿠인대학關西學院大學과 교육학부, 인문학부를 가진 세이와대학聖和大學이 합병하고, 세이와대학은 '간사이가쿠인대학 교육학부'가 된다는 보도였습니다.

간사이가쿠인대학은 2만 명 이상의 학생을 보유한, 입시 난이도나 사회적 평가에 있어서 도시샤대학同志社大學 등에 버금가는 간사이關西 지방의 유력 사립대학으로 알려져 있습니다.

세이와대학은 1학년이 200명 정도 되는 소규모 대학이지만, 유아교육학의 평가가 높고, 그 분야에서는 잘 알려진 존재였습니다.

두 대학은 모두 기독교의 감리교파를 원류로 하는 미션계 대학으로, 이 점이 합병 당시 장벽을 낮추는 요인으로 작용했을 것입니다. 대학업계 안에서는 "같은 교단이니까 합병이라고는 하지 않는 다"라는 의견도 있었습니다.

하지만 객관적으로 보면 일반 기업에서 두 학교의 합병은 일종 의 M&A 같은 것으로, 간사이가쿠인대학이 교육학부라는 새로운 간판 학부를 외부에서 얻은 것과 같습니다. 간사이가쿠인대학의 입 장에서 보면 평가가 높은 학부를 통째로 얻은 셈이고, 세이와가쿠 인대학의 입장에서는 간사이가쿠인대학의 브랜드를 얻게 된 셈입 니다. 두 대학의 부속학교를 합쳐서, 유치원부터 대학원에 이르는 일관된 교육 체제가 합병을 통해 확립된 것도 서로에게 이익이 되 었을 것입니다.

저출산과 불경기로 경영 면에서 여러 과제를 안고 있는 대학업 계에서 많은 사람들은 이 합병의 '효과'를 순식간에 이해했습니다. "앞으로는 이런 방식이 늘어날 것이다"라고 생각한 사람도 많았을 것입니다.

과연 그 상상은 현실이 되었습니다. 2006년 11월에는 게이오기 주쿠대학慶應義塾大學과 교리츠약과대학共立藥科大學이 합병을 발표했 습니다. 교리츠약과대학 캠퍼스는 '게이오기주쿠대학 약학부'로 거 듭났습니다.

2009년 4월에는 조치대학上智大學이 간호계 단과대학인 세이보대 학聖母大學과의 합병을 발표하여, '조치대학 종합인간과학부 간호학 과'가 탄생했습니다.

하나같이 입시에서 문턱이 높다고 하는 브랜드 대학과 특정 분야에서 높이 평가받는 소규모 대학의 합병입니다. 간사이가쿠인, 세이와의 사례가 업계에 적지 않게 자극을 주었음을 알 수 있습니다.

게이오대학과 교리츠약과대학의 합병이 보도된 것은 11월 20일입니다. 교리츠약과대학 '센터시험 이용 입시' 원서 제출 마감은 이듬해 1월 15일이었고, '전기前期 일반 입시'의 원서 마감은 1월 23일이었습니다. 이 해에 일반 입시에서는 95명의 모집 정원에서 전년 대비 2배에 가까운 2,659명이 원서를 제출하였고, 센터시험 이용 입시에서도 전년 대비 3배나 되는 수험생이 쇄도하였습니다. 당시 4년제에서 6년제로 막 이행한 약학부 수험생 수가 전국적으로 감소하고 있었던 만큼, 이 합병 효과는 크게 보도되었습니다. 불과 2개월 만에 지원자 수가 2배로 늘어나는 일은 보통은 생각할 수 없습니다.

합병 전까지만 해도 사립대학 약학부 입시에서 가장 들어가기 어려운 알려졌던 곳은 도쿄이과대학東京理科大學 약학부였는데, 그 자리는 순식간에 게이오기주쿠대학 약학부가 차지하고 말았습니다.

그 당시 와세다대학 같은 전통있는 사립대학에 약학부가 없었던 이유도 있지만, 그렇다고 해도 도쿄이과대학은 약학 연구로 세계적으로 높은 평가를 받고 있었음에도 불구하고 그 평가가 순위와 함께 한순간에 뒤집혀 버린 것입니다. 도쿄이과대학 관계자는 이에 대해 매우 수치스럽게 여겼을 것입니다. 이 경우에는 간판 학부라기보다는 브랜드 대학이라는 '간판'이 학부의 가치를 단번에 끌어

올린 사례로 보아야 할지도 모르겠습니다.

간호학부의 경우도 마찬가지입니다. 각 입시학원이 발표하는 입시 난이도 순위에 따르면, 사립대학 간호계 학부(학과)의 1위는 게이오기주쿠 간호단기대학慶應義塾 看護短期大學의 교육을 인계받는 형태로 2001년에 신설된 게이오기주쿠대학 간호의료학부이고, 그다음은 조치대학 간호학과입니다.

물론 게이오기주쿠의 간호단기대학이나 세이보대학聖母大學의 간호 교육은 오랜 역사를 자랑하고 있고, 교육 수준에 대한 평가도 좋았던 것은 분명합니다. 하지만 이처럼 단기간에 인기가 상승한 이유는 역시 브랜드를 획득했기 때문일 것입니다.

참고로 게이오기주쿠와 교리츠약학과의 합병이 보도되었을 때, 주간지에서는 "와세다는 어디와 합병하는가?"라는 기사도 나왔습니다. 2011년, 의사 부족으로 고민하면서 약학부 유치를 검토하던 이바라키현茨城県이 제일 먼저 타진한 곳도 와세다대학이었습니다. 물론 2012년 현재 와세다대학에서는 의학부를 신설할 계획이 없는 것 같습니다. 하지만 앞으로도 큰 합병이 있을 때마다 이와 같은 보도가 나올 것입니다.

제6장

앞으로는 학부를
어떻게
선택해야 할까

진로는 어떻게 정하면 좋을까?

지금까지 '간판 학부'의 성쇠와 '간판뿐인 학부'를 낳게 되는 대학의 현황, 그리고 그 배경에 있는 사회 변화를 살펴보았습니다.

여기까지 읽으셨다면, 고교생과 학부모 여러분은 "이제 어떤 관점에서 진학할 대학을 고르지?"라는 생각을 하실 겁니다. "대학 측의 문제점만 지적하고 있지만, 고교생의 진로 선택에도 문제가 있지 않나요?"라고 생각하는 대학 관계자도 있을지 모릅니다.

그래서 마지막 장에서는 현재의 문제와 앞으로 학부·학과를 선택할 고교생이 고려해야 할 점들을 저 나름대로 소개해 드리고자 합니다. 간혹 학부·학과의 문제를 넘어서는 주제도 나오지만, 부디 함께해 주시기 바랍니다.

지금까지는 현재의 문제와 그 배경지식을 가능한 한 알기 쉽게 전달해 드렸습니다. 이제 한 걸음 더 나아가서 이 장에서는 "지금 우리는 무엇을 하면 좋은가?"라는 미래에 대한 제 생각도 알려 드리고자 합니다. 물론 어디까지나 저 개인의 의견이기 때문에 독자 여러분과 생각이 다른 부분도 많이 있을 것입니다. 그렇지만 이것이 현재의 상황을 살펴보는 또 하나의 계기가 되기를 바라며, 가능하다면 다양한 주제를 통해서 소개해 드리고자 합니다.

학부 선택의 현장에서 들리는 잘못된 통설·속설

저는 지금까지 수많은 고교생 및 학부모와 진로 상담을 해 왔는데, 학부·학과 선택의 현장에 파다하게 퍼져 있는 '통설'을 듣고 놀라곤 합니다. 주로 다음과 같은 이야기입니다.

- 경제학부는 취직하기 좋고 다른 직종으로 옮기기도 쉽다. 문학부 졸업생은 취직하기 힘들고 먹고살기 어렵다.
- 이공계는 취직에 강하지만 출세는 못한다.
- 자격을 취득하면 취직에 유리하다.
- 편차치가 높은 학부·학과일수록 취직에 강하다.

이러한 통설에는 분명히 오해가 섞여 있는 것도 적지 않습니다. 이를테면 언론매체에서 자주 볼 수 있는 "이과와 문과 중에서 취직과 출세가 유리한 것은 어느 쪽인가?"라는 기사들이 그렇습니다. 하지만 이과 역시 이학·공학·의학 등 각양각색으로 나뉘고, 같은 공학계 안에서도 전공이나 가고 싶은 업계, 하고 싶은 일에 따라 취직 실적은 천차만별입니다. 그것을 애당초 이과와 문과라는 큰 틀로 분석하는 것 자체가 무리입니다.

자격을 취득하면 취직에 유리하다는 주장도 맞지 않습니다. "자격이 없으면 할 수 없는 일이 존재한다", "자격이 있어야 보다 높은 수입을 얻을 수 있는 직무나 환경이 존재한다"라는 표현이 더 정확합니다. 따라서 자격이 반드시 필요한 일을 선택하느냐 마느냐, 자격을 인정해 주는 조직에 속하느냐 마느냐가 중요합니다. 더욱이 지금 당장 쓸모 있는 자격이 5년 뒤에도 그렇다는 보장은 없습니다.

그럼에도 불구하고 통계적으로 이러한 통설이 증명되는 부분도 있을지 모릅니다. 실제로 문학부 졸업생이 일부 상장기업에 입사한 취직률을 조사하여, "문학부는 경제학부에 비해 취직에 불리하다"라고 결론지은 문장을 본 적이 있습니다. 또한 입학 편차치가 높은 대학일수록 일부 상장기업에 많은 학생을 합격시키고 있다는 데이터도 자주 보게 됩니다.

다만 유명 대학의 경제학부에 입학했다고 해서 반드시 대기업에 취직하는 것도 아닙니다. 진로 지도의 현장에서 중요한 것은 그것이 "통계적으로 옳은가?"가 아닙니다. 오히려 "경제학부에 가면 대기업에 취직할 수 있겠지요?"라는 발상으로 전공을 정하는 학생은 취업에도 고생이 뒤따를 것이라고 생각합니다. 취업 현장에서 "대기업이니까 망하지는 않겠지요?"라는 자세로 임할 모습이 훤히 보이기 때문입니다. 기업에서 채용 활동의 책임자로 일한 경험이 있는 저로서는 단언컨대, 그런 학생을 채용하지 않겠습니다.

"제가 추천하는 대학·학부·학과를 고르면 취직할 수 있습니다"

라고 주장하는 언론이나 저널리스트도 있습니다. 하지만 저는 고교생이나 학부모에게 그런 정보를 비판 없이 수용하면서 진로를 결정하는 것은 오히려 위험하다고 말하고 있습니다. 거꾸로 그런 언론의 정보를 보면서 "문학부니까 대기업에는 취직할 수 없겠지요?"라고 걱정하는 고교생도 있습니다. 그런 학생과는 충분한 면담을 한 후 무엇이 사실이고 무엇이 착각인지, 본인에게 무엇이 가장 중요한지를 생각할 수 있게끔 도와주고 있습니다.

주간지에서 정기적으로 발표하는 각종 순위에 영향을 받는 사람도 적지 않을 것입니다. 그때는 "그래서 이것은 나에게 무슨 상관이 있을까?"라고 냉정하게 생각해 볼 것을 권합니다. 모종의 기준으로 산출된 숫자이긴 하지만, 진로 선택에 있어서 참고하지 않아도 될 정보가 산더미처럼 많습니다.

문과·이과라는 사정

일본 교육 시스템의 큰 특징은 고등학생 때 '문과'와 '이과' 사이에서 학생이 진로를 선택해야 한다는 점입니다. 이 구분은 구제舊制고교 시대부터 이어져 온 일본 고유의 시스템입니다. 사립고등학교에서는 고교 1년 차 가을~겨울 무렵에 문과와 이과 중 하나를 선택하는 경우가 많은데, 중고일관교中高一貫校[4]의 경우에는 중학교 3학년과 같이 더 빠른 단계에서 선택해야 합니다.

이러한 일본의 '문과·이과' 시스템은 학생들을 지도할 때 대단히 효율적입니다. 시간표를 작성하기도 편하고, 일찍부터 수험 선택 과목에 초점을 맞춘 커리큘럼으로 지도하기 때문에 수험 성적이 오르는 결과로도 이어집니다.

하지만 문제도 있습니다. 그 시기에 자신이 "하고 싶은 일"의 이미지를 스스로 파악할 수 있는 학생이라면 문제가 없겠지만, 실제로는 대학의 학문에 대해 거의 정보가 없는 상태에서 문과·이과의 선택이 이루어지고 있기 때문입니다. 그중에는 고등학교에 입학해서, "1학기 시험 결과 수학 점수가 낮았다"라는 이유로 "이공계 학문은 분명 무리"라고 판단해서 인문계를 선택하는 학생도 있습니다.

좋은 비유는 아니지만, 이러한 교육은 공장의 컨베이어 벨트와 같은 시스템입니다. 학생들이 수험에 응시하기까지 '효율적으로' 안내하는 것만 중시한 결과이고, 바로 이것이 현재 일본의 교육 제도입니다. 실제로 사회 문제는 인문과 이공으로 나눌 수 없습니다. 이런 사실에 입각해서 대학의 학부·학과도 文·理의 구분을 탈피하는 사례가 늘고 있습니다. 이로 인해 고교 교육의 시스템과 그 이후의 시스템 사이에도 간극이 생기기 시작했습니다.

"수학을 잘하면 이공계, 영어나 국어를 잘하면 인문계"라는 선택 방식도 현실 사회에 맞지 않습니다. 예를 들면 최근에는 통계와

---

4 '중고일관교'는 중학교를 졸업하고 무시험이나 그와 유사한 형태로 병설 또는 연계 고등학교에 진학하는 시스템을 말한다.

같은 데이터 사이언스를 중시하는 사회과학계 학부·학과도 늘어나고 있습니다. 투자와 관련된 일에서 복잡한 금융 상품을 다루려면 고도의 수학 지식이 필요하기도 하고, 경제학이나 사회학, 심리학 등을 배우기 위해서는 수학이 필요합니다. 숫자에 강하면 취직에도 유리합니다. 이러한 사실을 대학에서도 이해하기 시작한 것입니다.

이공계에서도 대부분 학점을 레포트로 얻기 때문에 국어 능력은 필수입니다. 또한 기술자, 연구자야말로 전문 분야를 영어로 읽고 전달하는 능력이 필요합니다. 제5장에서도 말씀드렸지만, 영어를 잘하니까 영문학과에 간다는 것은 과거의 이야기입니다. 앞으로는 "누구나 영어를 도구로 사용하면서 자기 전문 분야의 일을 하는 시대"입니다. 고등학교 때까지 잘했던 과목을 단순히 학부·학과 이름에 맞추는 진로 선택은 이제 시대와 맞지 않게 되었습니다.

학부 선택에 관한 고등학교의 사정

문부과학성의 2011년도(平成 23) 조사에 따르면, 고교생의 72.3%는 고등학교의 보통과에 재적하고 있습니다. 나머지는 공업·상업 등의 직업학과나 최근에 늘어나고 있는 종합학과 학생입니다.

적어도 70% 이상을 차지하는 보통과의 학생들은 고등학교 수험에 응시하기까지 "무엇을 하고 싶은가?"보다는 성적이나 학풍, 입지 등을 근거로 진로를 선택했을지 모릅니다. 저의 중학교 시절을

돌이켜봐도 장래의 직업관이나 전문적인 공부에 대한 의욕을 굳히고서 "이거야!"라고 결단했던 사람은 많지 않았던 것 같습니다.

그런 보통의 학생들에게 '학부·학과'를 선택해야 하는 대학 수험은 장래 자신의 직업을 깊이 생각하게 하는 최초의 기회가 되기도 합니다.

주식회사 리크루트リクルート는 매년 고교생(재수생 포함)의 진로 선택 행동을 조사·분석하고 있습니다. 2011년의 조사에 따르면, 고교생들은 지망하는 학교를 검토할 때 다음의 5개 항목을 우선시한다고 합니다.

    1. "배우고 싶은 학부·학과·코스가 있다" - 75.6%
    2. "학풍이나 분위기가 좋다" - 49.8%
    3. "취직에 유리하다" - 47.8%
    4. "나의 흥미나 가능성을 넓힐 수 있다" - 46.3%
    5. "자격 취득에 유리하다" - 41.5%

다른 항목에 비해 "배우고 싶은 학부·학과·코스가 있다"의 비율이 두드러진 것을 알 수 있습니다. 역시 대학을 선택할 때는 먼저 "학부·학과"를 선택하고, 그중에서도 "배우고 싶다"는 생각이 드는 학부·학과의 유무가 중요한 것 같습니다.

하지만 이것은 간단한 일이 아닙니다. 문학이나 수학과 같이 고등학교 때까지 접해 온 학문 분야라면 다소나마 상상할 수 있을 것입니다. 하지만 법학, 경제학 등에 대한 정보는 없습니다. 사회에서의 법률과 경제의 역할은 알고 있어도, 학문으로서의 내용은 잘 모릅니다. 심리학처럼 미디어를 통해서 접하는 이미지가 있어도 실제로는 그것과 달라서, 오해를 받는 학문도 있습니다. 토목공학이나 우주공학, 국제정치경제학 등 고교생에게는 거의 미지의 세계인 분야도 적지 않을 것입니다.

고교생 대부분은 1학년 가을 무렵에 문과·이과 중 하나를 선택하고, 2학년 때는 수험을 위해 이과나 사회과 과목을 선택합니다. 3학년 때 지망 학부나 지망 대학을 정하고, 그대로 수험으로 돌입하는 것입니다. 문과·이과의 선택이 이후 대학 학부·학과를 고르는 선택지에도 큰 영향을 주기 때문에, 1학년 중간까지는 대강이나마 자기가 무엇을 배우고 싶은지, 그 방침을 정해두어야 합니다.

학생이 말하는 "배우고 싶은 것"에는 착각도

저는 지금까지 수많은 고교생과 진로에 대한 이야기를 나눠 왔습니다. 고등학교에서 진로 지도를 담당하는 교사들과도 다양한 형태로 의견을 교환해 왔습니다. 그 결과, 한 가지 사실을 알게 되었습니다.

많은 고교생들이 자기가 무엇을 하고 싶은지 충분히 생각하지 않고, 학교가 미리 정한 스케줄에 따라 자신의 진로를 간단하고 안이하게 정해 버린다는 사실입니다. 특히 1학년 때 문과·이과를 선택하는 과정에서 이런 경향이 뚜렷하게 나타납니다. 앞에서 보았듯이 1학기 정기시험에서 수학 점수가 나빠서 문과로 정했다거나, 영어나 국어가 약하니까 이과로 진학한다는 사례는 수없이 많습니다. 제가 고교생이던 때와 달라진 것은 아무것도 없습니다. 사회는 많이 변했는데도 말입니다.

원래 '생각하는' 행위에는 충분히 조사하고 검증하는 과정도 포함됩니다. 문과·이과 중 어느 쪽을 선택할지 생각해 본다고 합시다. 우리는 자신의 향후 진로에 대한 정보를 모으거나, 나의 관심사를 알기 위해서 남의 이야기를 들어야 할 것입니다.

하지만 실제로 1학년 학생 중 문과와 이과를 선택하기 전까지 각 분야의 전문 서적을 읽어 본 고교생은 많지 않습니다. 대학 교수의 강의나 강연을 들은 적이 있는 사람도 거의 전무할 것입니다. 대부분의 학생은 대학 팸플릿이나 지극히 한정된 주위 사람들의 이야기, 인상에서 비롯된 '선입견'만으로 자신의 진로를 판단하고 있습니다. 직접 데이터를 조사하거나, 여러 기관이 실시하는 프로그램과 강연(대학의 오픈 캠퍼스말고)에 참가하는 학생은 아주 드물 것입니다. 이미지가 잡히지 않은 상태에서 문과를 선택했다가, 나중에 의료 분야에 관심이 생겼지만 자신의 생각대로 진로를 변경할 수 없었다는 이야기도 자주 들어 왔습니다.

이렇듯 진로 선택의 실상이 드러나는 일화는 산더미처럼 많습니다. 예컨대 진로를 지도하고 면담하는 과정에서 "심리학을 공부하고 싶다"라고 말하는 고교생들이 여럿 있습니다. 심리학과는 고교생에게 가장 인기 있는 학과 중 하나입니다. 그로 인해 수많은 대학에서는 '심리'라는 두 글자를 강조한 '○○심리학부'라는 학부를 설치하여 수험생을 모집하고 있습니다.

하지만 심리학과 지망생들은 "물건을 갖고 싶어 하는 사람들의 마음을 배워서 장래에는 히트 상품을 기획하는 일을 하고 싶다"라고 말하곤 합니다. 그런 학생에게 "상학부에 마케팅이라는 분야가 있다"라는 것을 알려 주면, 3분 뒤에는 관심사가 상학부 지망으로 바뀝니다. 자신이 공부하고 싶은 분야를 심리학과가 아닌 다른 곳에서 찾게 된 사례 중 하나입니다.

사실 이 학생은 심리학과에서 무엇을 배우는지 잘 몰랐던 것입니다. 학과 명칭이 주는 이미지만으로 심리학과는 사람의 마음을 배우는 곳일 거라고 상상했던 것입니다. 상담을 하지 않았더라면, "배우고 싶은 학부·학과·코스가 있다"라는 이유만으로 심리학과가 있는 대학을 선택해서 진학했을 것입니다.

"환경 문제에 관심이 있다"라는 이유로 '환경'이라는 두 글자가 들어간 학과를 찾고 있던 학생이 경제학부에 진학한 사례도 있습니다. 다양한 대화를 통해서 도상국의 경제 문제가 지구의 환경 보전과 깊게 관계되어 있다는 것을 알기 시작했고, 도상국의 개발 원조에 관심을 가졌기 때문입니다.

그나마 이런 고교생들은 진로 선택에 대해 자기 나름대로 고민하고 있는 편입니다. 심지어는 "어제 본 TV프로가 재미있어서"라는 이유만으로 지원 학과를 선택하고, 실제로 지원하는 학생도 있습니다. 사실 이런 학생이 적지는 않습니다. 이러한 실상을 접하다 보면, 불일치가 일어나는 것은 당연하다는 생각도 듭니다.

정말 잠깐만 얘기해도 학생들의 지망 학부는 180도 바뀝니다. 처음에는 당당하게 "지망 학부·학과를 이미 정했다!"라고 외쳤던 학생인데도 말입니다.

앞에서 진학할 학교를 선택할 때 "배우고 싶은 학부·학과·코스가 있다"라는 요인을 75.6%의 학생들이 중시하고 있다는 조사 결과를 소개해 드렸는데, 여기서 "배우고 싶다"라고 생각한 학생 중에는 "왠지 이름을 보고 그런 생각이 들었다"라고 말한 사람도 적지 않습니다.

천편일률적인 홍보는 대학과 학생 모두에게 불이익을 준다

고교생들이 대학에 관한 정보를 모을 때 많이 참고하는 것은 각 대학이 제작한 대학 안내서(팸플릿)나 공식 홈페이지입니다. 요즘에는 대학이 실시하는 오픈 캠퍼스에 참가하여, 대학의 분위기와 거기에서 배울 수 있는 학문에 대해 구체적으로 알아 보는 고교생들도 많은 것 같습니다.

하지만 대학은 지원자를 한 명이라도 더 모집하기 위해 노력합니다. 대학을 선택하는 고교생의 입장에서는 이 점을 이해할 필요가 있습니다.

이 책에서 반복해서 소개한 바와 같이, 학령 인구가 감소하면서 학생 모집에 열을 올려야 하는 대학들은 이제 지원자 수 늘리는 것을 경영의 최우선 과제로 삼고 있습니다. 입학 정원은 정해져 있기 때문에 바꿀 수 없습니다. 하지만 그 정원에 대한 '수험생의 수'는 많으면 많을수록 좋다는 것이 대학업계의 상식입니다. 왜냐하면 지원자가 늘어나고 경쟁률이 올라가면, 입시학원이 실시하는 모의고사에서의 입시 난이도, 이른바 편차치의 수치가 올라가기 때문입니다.

대학은 입시 난이도 상승을 경영상의 중요한 목표로 삼고 있습니다. 본래 대학의 인기가 높아지면 결과적으로 입시 난이도도 올라가는 구조이지만, 대학 관계자들은 "입시 난이도가 올라가면 인기가 높아지고 입학 희망자도 늘어난다"라고 해석하고 있습니다. 이 때문에 입시 난이도를 낮추는 시책은 기본적으로 하지 않습니다.

심하게 말하면 "수험생이 정말로 그 학부·학과에 적성이 맞는가?"에 대해서 대학은 별로 신경 쓰지 않습니다. 어쨌든 지원해 주기만 하면 좋은 것입니다. 그 결과는 어떻게 될까요?

시험 삼아 5개 정도의 대학 팸플릿을 모아서, 그 내용을 비교해 보십시오. 쓰여 있는 내용의 70% 정도는 똑같을 것입니다. 물론 교육 관계자라면 여러 차이점들을 발견할 수 있습니다. 그러나 일반인은 "그래서 뭐가 달라요?" 정도로 느낍니다. 오픈 캠퍼스에서 대학 관계자의 설명을 들을 때에도 홈페이지를 볼 때에도, 똑같이 느껴질 것입니다.

상징적인 문구가 있습니다. "무엇이든 널리 배울 수 있습니다"라는 광고 카피는 리버럴 아츠 교육을 중심으로 하는 학부는 물론이고, 그렇지 않은 전문 교육을 중심으로 하는 학부·학과에서도 빈번하게 쓰이고 있습니다.

확실히 이것은 대학 교육의 본질을 나타낸 말입니다. 대학에서 무엇을 얻을 수 있는가는 본인이 하기 나름입니다. 연구 주제나 이수 과목의 구성에 따라 이공계 학과에서도 경제나 법 제도에 관한 내용을 심화시킬 수 있고, 문학부의 문화 연구에서 어느 지역의 정치경제를 파고 들어가는 것도 흔히 있는 일입니다.

문제는 이 문구가 판단의 기준이 될 수 없다는 점입니다. 적지 않은 대학 관계자들은 "이 학부·학과에서는 무엇을 배울 수 있습니까?"라는 고교생의 질문에 대해 "널리 배울 수 있습니다"라고 대답할 수밖에 없습니다. 고교생은 자기 진로를 정하기 위해 "어느 학부가 좋을까?"라고 생각하며 정보를 좁히려고 합니다. 어느 대학이 자신에게 가장 맞는지를 분별하여 판단하려고 합니다. 하지만 대학 입장에서는 진로의 폭이 좁아지는 것을 별로 원하지 않습니다. 고교생의 말을 들으면서 "그것은 경제학부에서도 배울 수 있어요", "법학부에서도 배울 수 있어요"라는 식으로 대처합니다. 되도록 학부·학과의 정보를 좁히지 않으려고 하고, 학생이 많은 학부에 지원하게끔 이야기를 합니다. 그들의 입에서는 "다른 대학과 달리 우리 대학의 경제학부는 널리 배울 수 있는 것이 특징이니까요"라는 한 마디가 나옵니다. 다른 대학과 무엇이 어떻게 다른지를 구체적으로 설명할 수 있는 대학 관계자는 거의 없습니다.

제1장에서도 말씀드렸지만, 본래 지원할 학교를 선택할 때 필요한 것은 '매칭(궁합-역자주)'입니다. 수업이 소인원으로 진행되고, 일찍부터 세미나에 들어갈 수 있는 환경을 원하는가? 다양한 학부의 학생이 오고 가는 다양성 있는 캠퍼스를 원하는가? 전문직을 지향하여 일찍부터 실습 경험을 쌓고, 확실하게 자격을 따고 싶은가? 4년 동안 찬찬히 다양한 가치관을 접하는 체험을 하고 싶은가? 이와 같이 본인이 원하는 내용과 그 대학이 맞는가, 안 맞는가를 자기 나름대로 판단하는 것이 중요합니다. 물론 실제로 해보지 않으면 알 수 없는 것도 많기 때문에 한계도 존재합니다. 중요한 것은 스스로 생각하고 결단하는 것입니다.

대학이 내보내는 정보는 대부분 올바른 선택에 도움이 되지 않습니다. 대학의 팸플릿은 지원자를 줄이기보다 "전원이 응시하도록"하는 것을 목적으로 제작되기 때문입니다. 대학이 학생들을 모집하고 경쟁률을 올려야 하는 입장이라는 것을 알고 있기 때문에, 저는 이런 홍보 방침을 비난하려는 의도는 전혀 없습니다. 다만 학생들에게 대학이 내놓은 정보만으로 진로를 결정하지 말라고 권유할 뿐입니다.

이와 같은 '지원자 수 절대주의'의 홍보 방침은 대학 측에도 여러 불이익을 가져오기 시작하였습니다. 앞에서도 말했듯이, 실제로 대부분의 대학이 거의 같은 내용으로 PR하고 있기 때문에, 객관적으로 보면 차별화가 되지 않습니다. 마케팅의 기본은 "다른 것과 비교해서 무엇이 다른가?"를 여러 데이터와 사실 등을 바탕으로 설득력 있게 전달하는 것인데도 말입니다. 그 결과 대학의 브랜드나 캠퍼스의 분위기와 같은 표층적인 정보만으로 고교생이 진로를 선택하게끔 유도하고 있습니다. 거의 대부분의 대학은 최대한 많은 지원자를 포섭하는데 급급한 나머지, 스스로 차별화를 포기하고 있는 것처럼 보입니다.

지원자 수 절대주의로부터의 탈출

OECD가 매년 실시하는 조사인 'Education at a Glance(도표로 보는 교육)'에 따르면 일본 공립 학교 교수의 노동 시간은 OECD 국가 중 가장 긴 수준입니다. 교수에게는 충분한 시간적 여유가 없습니다. 준비부터 관리까지의 수업 운영, 그 과정에서 진로 지도, 생활 지도, 행사 등의 준비·운영 그리고 사무 사업까지, 일본의 대학 교수는 실로 다양한 업무를 담당하고 있기 때문입니다.

게다가 670종 이상의 학과가 보여주듯, 대학이 시행하고 있는 대학 개혁은 결과적으로 고등학생 진로 지도에 더 혼란을 주는 방향으로 나가고 있습니다. 고등학교에서 학생들이 진학할 학부·학과를 선택하는 것을 돕는 데도 한계가 있습니다.

그렇게 되면 대학이 배포하는 정보에만 귀를 기울이게 됩니다. 실제로 많은 고교생은 대학이 발행하는 대학 안내서(팸플릿)나 대학이 주최하는 오픈 캠퍼스를 진로 결정의 중요한 정보원으로 생각하고 있습니다. 고등학교 교사가 보완할 수 없는 영역에 대해서 당사자인 대학에 문의하는 학생과 학부모도 있습니다.

하지만 대학은 지원자 '수'를 최대화할 목적으로 홍보 활동을 펼치고 있습니다. 대학이 실시하는 오픈 캠퍼스나 대학이 만든 팸플릿은 자기 대학에 입학하기를 촉구하는 홍보 활동의 일환이고, 이는 다시 말해 선전·광고로 '연출'된 정보에 불과합니다. 참고할 만한 부분도 있지만 "나는 이 학과랑 맞지 않을지도 모른다"라고 생각하게 하는 요소는 없습니다. 그런 요소는 대학 측에서 배제하기 때문입니다.

오픈 캠퍼스에 가면 많은 대학 관계자들(교수·직원)과 학생들을 만나 직접 이야기를 나눌 수 있습니다. 하지만 그들 중에서 "우리 대학에서는 당신이 원하는 교육을 받을 수 없을지도 모른다"라는 피드백을 해 주는 사람은 거의 제로에 가까울 것입니다. 어떻게든 고교생들의 마음에 들기 위해 전력을 다하고 있기 때문입니다. 이것은 당연하다면 당연한 일이지만, 의외로 고교생과 학부모는 이러한 대학의 속내를 모르고 있는 것 같습니다.

앞에서 "거의 제로에 가깝다"라는 표현을 쓴 이유는 제로가 아

니기 때문입니다. 아주 드문 일이지만,

> "우리 대학이 마음에 들었다고 말해 주는 것은 기쁘지만, 다른 대학
> 도 알아보고 잘 생각해서 정해도 늦지 않아요."

> "당신이 생각하는 내용은 우리 대학이 아니라 오히려 ○○대학에
> 가까울지 몰라요. 저쪽의 오픈 캠퍼스로 가 보세요."

라는 피드백을 해 주는 대학 교수와 만날 수도 있습니다. 제가 아는
사람 중에도 그런 분이 몇 분 계십니다.

　이런 대화를 어떻게 생각하십니까? 고교생이나 학부모 입장에
서 이처럼 유익한 대화는 없을 것입니다. 적어도 대학 교육의 현황
에 대해서는 고등학교 선생님보다 더 잘 알고 있을 당사자가 마치
선생님처럼 나를 위해 조언해 주는 것이니까요. 이야기를 들은 직
후에는 "예?!" 하고 깜짝 놀랄지도 모르지만, 참고할 만한 정보일
것입니다.

　어쩌면 이런 구성원을 대학 관계자들은 인정할 수 없을지도 모
릅니다. 교육적으로는 옳은 일인지 모르지만, 지원자를 모집하기
위해 학내가 하나 되어서 노력하고 있는 상황에서 혼자 직무 유기
를 하고 있다고 느끼는 사람도 많을 것입니다. 배신하는 행위라고
분노할 사람도 있으리라 생각됩니다.

　하지만 저는 경영의 안정화를 위해서라도 대학은 이렇게 대응하

는 것이 좋다고 생각합니다.

단지 선전만 하는 사람보다는 자기 편에 서서 솔직하게 조언해 주는 사람에게 신뢰감이 생기 듯, 제1장에서 말한 불일치의 문제를 해결하는 데 도움이 된다고 생각하기 때문입니다.

지원자 '수'를 최대화한다는 대학의 홍보 전략이 불일치를 낳고, 그래서 중퇴자가 증가하고, 결과적으로는 대학 자신의 경영에 타격을 주고 있습니다. "맞지 않는" 학생이라도 좋으니까 지원하게끔 해라, 경쟁 배율을 올리면 수험 난이도(편차치)도 올라가기 때문에 자퇴자가 다소 나와도 대학은 든든하다 … 이런 발상으로 대학은 이미 파탄나고 있는 것입니다.

앞으로는 불일치를 최소화하는 홍보 전략으로 방향을 돌려야 합니다. 지금까지는 100명의 정원에 대해 불특정 다수의 1,000명을 응시하게 하는 것을 목표로 삼고 있었습니다. 하지만 앞으로는 다릅니다.

"이 학과는 이러이러한 인재를 육성하는 것을 목표로 하고 있습니다"라는 교육 이념을 명확히 내걸고, 수업의 진행 방식, 커리큘럼의 목적, 중퇴율과 취업률 등의 데이터, 이념을 실현하기 위한 구체적인 방책 등을 상세하게 알려야 합니다. 그럼으로써 "자기가 원하는 내용과 약간 다를지도 모른다"라는 생각이 드는 사람은 돌려보내면서 오히려 지원자를 좁히는, 그런 홍보 전략이 필요하겠지요. 입학 후의 환경을 충분한 대화로 이해시키고, 목적 의식이 높은 100명이 최종적으로 입학한다면, 수험생이 설령 100명 정도라고 해도 문제가 없지 않을까요? 학부 명칭을 재미있게 바꿔서 수험생을 모으는 발상과는 정반대의 사고방식입니다.

편차치에 따라 브랜드를 유지하고 있는 유명 대학에서 이와 같은 전략을 받아들이기는 아직 힘들지 모릅니다. 하지만 (다행인지 불행인지) 편차치의 숫자가 그다지 높지 않고, 정원에 비해 지원자 수가 별로 많지 않은 대학은 지금이라도 발상을 바꾸기에 좋은 시기라고 생각합니다. 이와 같이 발상을 바꿔야 하는 대학이 일본 대학의 대다수를 차지하고 있습니다.

팸플릿이나 오픈 캠퍼스에서 이러한 정보를 제시하는 데서 불일치의 예방은 시작됩니다. 수험생의 신뢰를 얻는 대학, "그만두지 않는 입학생"을 받아들이는 대학이 되기 위해서라도 지원자 '수' 절대주의는 이제 재고해야 합니다.

자격을 중시하는 학부에는 위험성도 있다

2012년에 신설된 대학은 6개의 사립대학, 학부를 신설·개조한 대학은 4개의 국립대학, 2개의 공립대학, 27개의 사립대학입니다. 특히 눈에 띄는 점은 '간호', '의료', '어린이', '교육'이라는 명칭을 내세운 사립대학의 학부가 많다는 점입니다. 그 뒤를 '경영' '국제' 등이 잇고 있습니다. 최근 몇 년 동안, 대학은 교원 양성이나 간호·의료·보건과 같은 의료계 학부 등 "자격을 취득할 수 있다"는 점을 전면으로 내세우는 학부를 적극적으로 개설하고 있습니다.

이유는 간단합니다. 수험생들의 이목을 끌 수 있기 때문입니다. 저는 직업상 대학의 정원 충족 상황을 자주 알아 봅니다. 2011년 이래로 국가가 대학 홈페이지에 그런 정보를 공개하는 것을 의무화했기 때문에 누구나 볼 수 있습니다.

어느 작은 사립여자대학은 건학 이래 역사를 가진 문학과나 과거에 인기를 끌었던 심리학과가 현재 정원 미달이 되고, 몇 년 전에 갓 신설한 간호학과와 영양계 학과만 정원이 충족되었습니다. 현재 전국적으로 이런 대학이 늘어나고 있습니다.

지금과 같은 불황 속에서 학부모와 수험생은 "취직에 도움이 될 것 같다"라고 생각되는 요소를 점점 대학에 요구하는 것 같습니다. 대학도 그것을 내다보고 그런 학부를 적극적으로 정비합니다. 이때 "취직에 강한 것"은 전문직 자격입니다. 요즘은 특히 간호학부의 인기가 좋습니다.

고교생과 학부모가 '자격'을 중시하는 것은 심정적으로는 아주 잘 이해가 됩니다. 고용이 불안한 사회에서 하나라도 무기를 가지고 있는 게 유리하다는 생각 때문이겠지요.

그런데 한편으로는 자격을 과도하게 신뢰하는 사람들을 보고 있으면 걱정스럽기도 합니다. 2006년 4월에는 후생노동성 의료비 억제책의 일환으로 진료 보수報酬가 개정되었습니다. 병원과 같은 의료기관으로서는 수익이 감소할 수 있는 개정改定인 한편, 수익 증가를 위한 수단도 나와 있었습니다.

그것은 간호사의 숫자입니다. 개정되기 전에는 근무하는 간호사(간호직원)의 평균 인수가 환자 10인당 1명이면 입원환자 1인당 보험 점수가 1209점(1점 10엔)으로 보수의 최대 금액이었습니다. 그러나 개정에 따라 7인당 1명이라는 인정을 받으면 1555점을 청구할 수 있게 되었습니다. 병상 수 1000개인 병원의 경우, 개정 후의 진료 보수에 따르면 '7인당 1명'과 '10인당 1명'으로는 하루에 286만 엔, 연간 10억 엔이나 수입이 달라진다고 합니다. 그것을 위해서는 간호사의 약 40%를 늘려야 합니다.

다른 병원의 간호사를 데려올 수도 없어서, 각 의료기관에서 신졸新卒 간호사들을 둘러싼 쟁탈전이 시작되었습니다. 2006년 7월경에 열린 간호 학생 대상 '합동 취업 설명회'의 모습을 《마이니치신문每日新聞》은 다음과 같이 보도하고 있습니다.

오전 10시 개장 전에 입구에 줄을 선 400명. 리크루트 정장 옷차림에 뒤섞여 T셔츠와 청바지 차림의 학생도 눈에 띈다. 여유가 느껴진다. 이들을 맞이하는 것은 게이오대, 쥰텐도대順天堂大 등의 대학 부속병원과 도라노몽병원虎の門病院, 국립병원기구國立病院機構 등. 간토關東를 중심으로 131개 단체가 부스를 차렸다. 각 부스는 '곰돌이 푸'와 같은 인형으로 사랑스럽게 꾸며졌고, 과자가 당첨되는 추첨회 등으로 부지런히 소녀들의 마음을 간지럽히고 있다.

설명회장에서는 "말을 거는 것은 부스 앞에서 해 주시기 바랍니다!"라는 방송이 반복된다. 입구 주변에서 학생을 붙잡는 관계자들이 잇달았기 때문이다. 학생이 특정 병원에 집중하지 않도록, 다섯 부스의 스탬프를 모으면 하와이 여행이 당선되는 호화 추첨회까지 열렸다.

〈특집 세계: 엄청난 일이! 벌어지고 있다. 간호사 쟁탈〉,

《마이니치신문》 2006년 8월 23일자.

이 합동 취업 설명회에서는 헬로 키티의 문구文具나 손수건 선물, 과자 추첨회 등도 행해졌던 것 같습니다. 더이상 '취업 설명회'라고 보기 어려운 광경입니다.

민간 병원뿐만 아니라 대학 부속병원에서도 도쿄대학병원이 300명, 교토대학병원이 100명이라는 대규모 간호사 모집을 하였습니다. "도시부의 민간 병원 중에는 지방 학생에게 100만 엔 가까운 준비금을 마련한 곳도 있다"라는 소문도 나돌았을 정도로 쟁탈전이 치열하다는 것을 느낄 수 있습니다. '7인당 1명'이라는 최고 수준의 인정을 받는다면 연간 진료 보수가 억 단위로 바뀌기 때문에 무리도 아닙니다.

간호사가 순조롭게 취직할 수 있는 배경에는 이러한 제도 변경이 있는 것입니다. 그리고 이와 같은 초대형 취직 시장에 발맞추어, 각 대학에서도 간호계 학부를 잇달아 신설하고 있습니다.

여기까지 읽으신 분들은 느끼셨을 테지만, 간호학부의 설립 붐에는 위험성도 있습니다. 간호학부를 설립하는 가장 큰 이유가 '진료 보수 제도의 변경'이라는 외부 요인에 있기 때문입니다.

앞으로는 간호학부의 증가로 인해 대학 전체의 간호사 공급률이 급격히 향상됩니다(질이야 어찌 되었든 숫자 면에서 말입니다). 이대로 가면 얼마 되지 않아 많은 병원이 '7인당 1명'의 기준을 충족하게 되겠지요. 그렇게 되면 국가 전체의 의료비가 늘어나 제도를 유지할 수 없게 될지도 모릅니다. 물론 의료 행위를 할 수 있는 간호사는 복지시설 등에서도 일반 개호복지사介護福祉士보다 좋은 대우를 받을 수 있습니다. 그렇기에 이후에도 갑자기 취직할 곳이 사라지는 일은 없겠지만, 그것도 개호介護 보험 등의 제도와 수급의 균형에 달려 있습니다.

치학부가 동일한 과정을 거쳐서 치과의사 과잉 공급에 빠지고 경영 위기를 맞이하고 있는 것도 마찬가지고, 법조계에서 사법시험 제도 변경으로 공급이 늘어나서 변호사가 예전보다 좋은 대우를 받지 못하게 되는 것도 마찬가지입니다.

"약제사 자격을 딸 수 있다"라는 견실함에서 여학생들의 인기를 끌었던 약학부도, 앞에서 말씀드린 바와 같이 일찍이 신설 붐이 일어났습니다. 인문과학계, 사회과학계의 단과대학까지 갑자기 약학부를 신설하기 시작한 것입니다. 그러나 2006년부터는 약제사 시험 자격을 얻으려면 6년제 과정을 반드시 졸업해야 해서, 약학부 지원자 수가 계속 줄어들고 있습니다.

현재 간호학부의 인기도 이러한 학부들과 마찬가지로, 위태로운 기반 위에 확산되고 있는 것이 분명합니다. 하지만 단지 "인기가 있는 것 같다"라는 이유로, 그러한 유행 학부에만 치중하는 것은 권하고 싶지 않습니다.

다만 "비록 사회적으로 인기가 없더라도 상관없다. 나는 간호에 대해 공부하고 싶다"라는 자기만의 지원 동기가 확고한 고교생이라면 전혀 문제가 없습니다. 대학 측의 "취업 상황 따위는 상관없다. 앞으로 사회에서는 간호 교육이 필요하다. 우리 학교에서는 신념을 가지고 간호학부를 설립했다"라는 입장도 나쁘지 않습니다.

최근의 유행 학부에는 "자격을 수반하는 전문직에의 대응"을 선전하는 경향이 보입니다. 하지만 간호학부와 치학부 그리고 약학부를 예로 들었듯이, 자격 제도는 사회 제도의 변화나 국내 수요 공급 균형의 영향을 받습니다. 그 변화 속도는 앞으로 더욱 빨라지겠지요.

또한 갈수록 앞으로 인구가 감소하면서 일부 전문직이나 서비스업에는 해외 노동력이 유입될 것으로 예상됩니다. 2008년 이래로 일본은 인도네시아 및 필리핀과 경제 협정을 맺어 양국의 후보자를 병원이나 간호 시설에서 받아들이고, 취업·연수 후에 간호사 시험이나 간호복지사 시험을 응시하게 하는 과정을 설치하고 있습니다(어학에 관한 장벽이 높기 때문에 그다지 활발하게 이루어지고 있지는 않습니다). 아직은 상대국의 강한 요청에 부응하는 형태로만 문호를 한정적으로 열고 있는 상황입니다만, 언젠가 국내 노동력 부족 문제를 해결하기 위해 규제가 완화되고 인재 유입이 촉진될 가능성도 부정할 수 없습니다.

이런 사정을 고교생이 알고 있는 경우는 별로 없습니다. 수험생 모집이라는 가장 중요한 과제 앞에서, 대학은 '지금'의 인기만 가르쳐 주기 때문입니다. 자격은 무기의 하나에 불과합니다. 그것을 활용해서 어떻게 먹고살아갈 것인가는 본인에게 달려 있습니다.

'커리어 쇼크' 시대의 진로 선택

'커리어 쇼크'라는 말이 있습니다. 커리어 컨설턴트의 다카하시 슌스케高橋俊介 씨가 제시한 개념으로, 다음과 같이 정의합니다.

> '커리어 쇼크'란 자기가 그려 온 커리어의 미래상이 예기치 못한 환경 변화나 상황 변화로 단기간에 붕괴해 버리는 것.
>
> 高橋俊介,『キャリア ショック』, ソフトバンク クリエイティブ

기술자라면 쉽게 알 수 있을 겁니다. 어떤 기술을 익히고 그 기술로 경제 활동을 해 왔는데, 다른 기술이 급속히 발달하여 본인의 기술이 갑자기 무용지물이 되고 마는 현상입니다. 이것은 '전직前職'이나 단순한 '해고'와는 다른 현상입니다. 회사 사정에 의한 해고나 전직이라면 다른 회사에서 기술자로 계속해서 일할 수 있습니다. 그런데 '커리어 쇼크'는 그 분야의 기술자가 사회에서 더이상 필요없게 되는 현상을 가리킵니다.

‘사진 인화’ 같은 일이 비근한 사례입니다. 제가 어렸을 때는 각 상점가에 사진관이 하나쯤은 있어서 사진 현상은 사진관에 맡겼습니다. 그런데 지금은 카메라 자체가 디지털화되어, 인화하고 싶은 사진이 있으면 자택이나 편의점 복사기에서 쉽게 인화할 수 있습니다. 전문기술을 필요로 하는 일부 서비스를 제외하면 필름 현상은 이제 더이상 생계를 위한 수단이 될 수 없습니다.

정보 기술이 발달한 기술 세계에서 이러한 현상은 상상하기 쉽지만, 커리어 쇼크는 다른 직종에서도 일어날 수 있습니다. 예를 들면 20년 후에 ‘입시학원 강사’라는 직업은 e-learning의 발달로 격감하거나 사라질지 모릅니다. 영어학원 강사도 마찬가지입니다. 지금은 인터넷을 통해 필리핀이나 인도 국적의 대학생에게 파격적인 가격으로 영어 회화를 배우기 때문입니다.

‘커리어 쇼크’까지는 아니지만, 자격만으로 먹고살 수 없는 현상은 이미 일어나고 있습니다. 법조인 자격증은 예전 같으면 어느 정도의 급여와 지위가 보장되는 것이었습니다. 하지만 앞으로는 법조계 인구가 대폭 늘어날 예정이므로 자격증만으로는 먹고살 수 없을지 모릅니다. 따라서 ‘기술에 강한 변호사’나 ‘중국어를 할 줄 아는 변호사’, ‘영업에 능숙한 변호사’와 같이 +α가 반드시 필요한 시대가 올 것입니다.

‘영어 능력’도 그렇습니다. 영어권 국가에서 유학한 경험이 있는 사람도 이제 많아졌습니다. 제가 회사의 채용 면접을 담당했을 때, 5명의 학생 중에서 1~2명 정도는 어떤 형태로든 유학을 경험한 학생이었습니다. 그래서 이제 영어를 어느 정도 구사할 줄 아는 것만으로는 먹고 살 수 없습니다.

이전에 할인점 '돈키호테'가 원격 모니터로 각 점포와 본사를 연결해서, 모니터를 통해 약제사와 상담할 수 있는 시스템을 개발한 적이 있었습니다. 요컨대 각 점포에 약제사가 없어도 약을 취급할 수 있도록 하자고 한 것입니다. 그때는 법률상 "그건 옳지 않다!"라는 이유로 실현되지 못했지만, 20년 후에도 그러한 제도가 지금과 똑같다고 누가 단언할 수 있을까요?

그래서 저는 대학생이나 고교생에게 '자격'을 목표로 삼지 않는 게 좋다고 말하고 있습니다. 자격증을 통해 안정된 일거리를 얻는 것 같지만, 사실 자격에 의존하는 업무 방식이야말로 사회 제도의 변화와 수요공급의 붕괴로 허망하게 균형을 잃기 쉽다는 불안정한 측면도 있으니까요.

"자격증으로 먹고사는 삶"은 위험합니다. 자격증으로 자신의 전문 능력을 증명한 후, 다른 +α를 갈고 닦아 남이 흉내낼 수 없는 가치를 어필하는 길로 나아가야 합니다.

앞으로는 온갖 직종에서 커리어 쇼크가 일어날 수 있습니다. 애초부터 "수십 년 후의 커리어에 대해 목표를 설정하고 계획을 세워서, 지금부터 준비를 시작하는" 역산형逆算型의 진로 계획도 한계에 부딪힐 것입니다. 예전에는 "약제사의 자격을 가지고 있으면 여성도 계속해서 일할 수 있다"라는 부모의 말을 듣고 약학부에 진학하는 패턴이 확실히 설득력을 지닐 수 있었습니다. 남녀를 막론하고

"기술이 있으면 굶을 일은 없으니까 자격증을 따라"라는 조언은 지금도 많이 들립니다. 그런데 앞으로는 이렇게 단순한 '계획'은 더 이상 유효하지 않습니다.

그렇다면 학생은 대학에서 무엇을 배우면 좋을까요? 자격에만 의존하지 않고, 다른 부가 가치가 있는 일을 몸에 익히는 것입니다. 2011년 교토대학에는 다키모토 데츠후미瀧本哲史 씨의 '기업론起業論' 수업이 개설되었습니다. 교실에 학생이 가득 차서 다 들어갈 수 없을 정도로 인기가 높은 강의인데, 수강생의 소속 학부를 분석한 결과 40%가 의학부 학생이었습니다. 이 현상에 대해 뉴스사이트는 다음과 같이 보도했습니다.

교토대 의학부로 말하면 도쿄대와 버금가는 초 엘리트 학부.
의료의 세계에서 높은 지위와 보수를 얻게 될 그들이 왜 기업론起業論을 배우는가?
궁금해진 다키모토 씨가 학생들에게 물었더니 다음과 같은 대답이 돌아왔다고 합니다.
"이 나라에서는 의사가 되어도 행복해질 수 없다."
"이제 옛날처럼 '의사=부자'인 시대는 아니다."
"보람만으로는 살 수 없다. 새로운 방법을 찾지 않으면-."
이와 같이 그들은 자신의 미래에 대해 적지 않은 불안감을 안고 있었던 것입니다. 지금의 일본은 주지하다시피 의사 과잉 상황이 계속되고 있습니다. 그리고 인턴의 노동 환경은 치열하고, 마녀사냥에 가까운 의료소송까지 있습니다. 대학병원의 급여가 일반 기업보다 낮은 경우도 있습니다. 또 운이 좋아서 병원을 개업할 수 있어도 치열한 시장 경쟁에서 살아남아야 합니다.

〈교토대학 강좌 『기업론』에 의학부 학생들이 쇄도하는 이유〉,
@nifty비즈니스 2011년 12월 12일자

의학부 학생들조차 이렇게 생각하고 있을 정도입니다. 일반적으로 의사는 가장 '탄탄한' 자격 중의 하나로 여겨지고 있지만, 국소적으로 보면 어느 지역 안에서 환자를 뺏거나 빼앗기는 경우도 많고, 서비스가 더 좋은 의원이 입소문이 나는 등 경쟁은 얼마든지 있을 것입니다. 의료 보수를 억제하려는 흐름 속에서 의사도 경영 센스를 갈고 닦지 않으면 안될 가능성도 있습니다. 의료 기술에 더하여 '경영 능력'이라는 +α가 미래 의사의 생활을 지탱할 무기가 될지 모릅니다. 그런 점에서 학생들의 위기감은 너무나 당연한 것입니다.

전문직으로서의 삶에 뜻을 둔다면 자격을 따는 것은 최저한의 요건입니다. 오히려 거기에다 어떤 +α를 더할 수 있는가가 먹고살 수 있느냐 없느냐를 결정합니다. 그렇게 되면 전문직 양성에 특화된 학부라 하더라도, 그 외의 폭넓은 교양이나 실학實學을 배울 수 있는가가 큰 의미를 지니게 됩니다. 이공계나 의료계 학부에서 배우고, 그 뒤에 법과대학원을 수료한 변호사가 결과적으로 특허 문제나 의료 소송에서 강세를 보이고, 법학부를 졸업한 변호사보다 일을 안정적으로 얻을 수 있는 것과 같은 사례도 앞으로 나오게 될 것입니다.

"자격이 먹여 주는" 것이 아니라 "자격 외의 강점으로 먹고살겠다" 정도로 생각할 수 있는 인재가 치열한 경쟁 속에서도 살아남을 수 있지 않을까요?

리버럴 아츠도 만능이 아니다

리더 인재 육성이라는 목적으로 다양한 학문을 널리 배우는 리버럴 아츠 교육에 대해서도 이미 소개해 드렸습니다. 앞으로는 이 리버럴 아츠계 학부도 늘어나리라 예상됩니다.

리버럴 아츠계 학부를 홍보하는 팸플릿에는 "대학에서 차근차근 배우면서 하고 싶은 일을 찾자"라고 쓰여 있습니다. 확실히 리버럴 아츠계 학부에서는 기존의 다른 학부와 달리 입학할 때부터 전문 분야를 좁힐 필요가 없습니다. 하고 싶은 일을 정하지 못한 고교생에게는 더할 나위 없는 환경일지 모릅니다. "고교생한테까지 하고 싶은 일을 정하라고 하는 것은 가혹하다. 학사 과정 교육은 미국과 같이 리버럴 아츠여야 한다"라고 주장하는 대학 관계자들의 목소리도 나오고 있습니다.

리버럴 아츠 교육의 중요성을 이전부터 느끼고 있던 한 사람으로서, 저 역시 지금 이런 교육 환경이 높게 평가받는 것이 당연하다고 생각합니다. 하지만 무조건적으로 리버럴 아츠계 학부를 예찬하는 것도 위험하다고 생각합니다.

"하고 싶은 일을 정하지 못하겠다"라고 말하는 고교생은 두 가지 유형으로 나뉩니다. 하나는 "흥미로운 것이 너무 많아서 아직 좁힐 수 없다"라는 유형이고, 다른 하나는 "하고 싶은 일이 아무것도 떠오르지 않아서 정할 수 없다"라는 유형입니다.

전자의 경우에는 리버럴 아츠계 학부가 다양한 것을 찾기에 좋은 환경입니다. 아직은 관심 분야를 좁힐 수 있을 만큼 지식과 정보를 갖고 있지 않기 때문에, 조금이라도 관심이 있는 학문에 대해서는 폭넓게 차근차근 배우고 싶은 것입니다. 대학은 이런 수요에 부응하는 커리큘럼과 환경을 마련해 줄 것입니다.

그러나 후자의 경우에는 반드시 좋은 결과를 낳는다는 보장이 없습니다. 리버럴 아츠 교육 시스템은 학생의 주체성을 전제로 하고 있습니다. "때가 되면 누군가 '하고 싶은 일'을 가르쳐 주겠지"라는 수동적인 자세로 살아 온 학생이라면 애초에 이수 과목의 선택조차 할 수 없을 것입니다. 게다가 별로 흥미가 없는 학문을 마주하는 것만큼 고통스런 일도 없습니다. 4년 과정을 마치지 못한 채, 그만둘 가능성도 있습니다. 자칫하면 고등학교 때의 '학교 공부'와 다를 바 없는 나날을 보낼 수 있습니다.

물론 사람과의 만남, 훌륭한 환경을 통해 어떤 화학적 변화가 일어날지는 아무도 모릅니다. 운 좋게 "이거다!"라고 생각되는 무언가와 만날 수도 있습니다. 그렇다 하더라도 리버럴 아츠계 학부에

진학하는 것이 무언가를 그냥 얻을 수 있는 만능 해결책은 아니라
는 것만 알아 두시기를 바랍니다.

참고로 리버럴 아츠 교육이 보급되고 있는 미국에서도 각 대학
이 "어느 분야에 강한 대학인가?"에 관한 상세한 순위가 나와 있습
니다. 공학부나 농학부, 응용과학부 등 학사 과정부터 전문 교육을
하는 조직도 있습니다. 무엇을 배우기 위해 어느 대학에 진학할지
심사숙고한 뒤에 진학하는 학생도 적지 않을 것입니다.

주변의 어른들이 할 수 있는 것

"저는 입시에 대해서는 잘 몰라서요." 이 말은 제가 입시학원에
서 일하고 있을 때, 학생과 보호자가 함께하는 면담 자리에서 진학
할 대학을 선택할 때 자주 들었던 이야기입니다. 그 뒤에 "본인의
판단에 맡기고 있어요"라는 말이 이어집니다. 혹은 "(학원) 선생님
에게 맡기겠습니다"라는 말을 하곤 합니다. 학교에서 진로 지도를
하는 교사들도 비슷한 경험을 하였을 것입니다.

입시 제도에 대해서는 확실히 입시학원이나 학교 쪽이 최신의
지식·정보를 가지고 있습니다. 요즘의 대학 사정에 대해서도 "대
학에 관한 전문가"인 저희가 자세하게 알고 있는 것은 당연합니다.
그렇기 때문에 이러한 정보를 갖고 있지 않은 보호자들이 입시 학
원이나 학교에 선택권을 일임하는 것도 이해가 됩니다.

하지만 '학부·학과 선택'에 대해서 학부모가 아무것도 못하는가 하면 그렇지는 않습니다. 한번은 "장차 국제적으로 활약하는 인재가 되고 싶다"라고 말한 학생이 있었습니다. 이야기를 들어 보니 그 학생의 부모님은 중견 기업 근무로 해외 출장도 자주 다니는 분이었습니다. 그런데도 진로에 대해서는 집에서 상의한 적이 없다고 합니다.

그런 일에 종사하는 학부모라면 오늘날 '국제 사회'가 어떻게 흘러가고 있고, 앞으로 어떻게 변화할지에 대한 실무 감각이 저보다 훨씬 풍부할 것입니다. 그런데도 '대학 입시'라는 딱딱한 절차 앞에서 "입시에 대해서는 잘 모른다", "대학의 일은 입시 학원이 잘 안다"라고 생각해 버립니다. 자식이 대학을 선택하는데, 평소 자신이 사회에서 느끼는 다양한 현실적 감각이 그것과는 무관하다고 생각하고 있는 것입니다.

"대학에서 무엇을 배울까?"를 생각하는 것은 "현재 사회는 어떻게 구성되어 있고, 나는 사회에 어떻게 공헌하고 싶은가? 무엇을 해서 일용할 양식을 얻을 것인가?"라고 생각하는 것과 같습니다. 어떤 직업이 되었든 간에 학부모들은 가계를 유지하기 위해 사회에서 살아가고 있습니다. 그렇기에 그 삶을 통해 자식에게 말해 줄 수 있는 것들이 산더미처럼 있을 것입니다. 결국 학생들은 가장 가까이에 있는 "사회 속 전문가"의 지식이나 감각을 활용하지 못하고 있는 셈인데, 대단히 아쉬운 일입니다.

나는 왜 지금의 직업을 선택했는가? 내가 일하는 업계는 현대

경제의 글로벌화 속에서 어떤 상황에 놓여 있는가? 나의 업무는 조직 안에서 어떤 역할을 맡고 있는가? 등등 …. 평소에 생각하고 있는 것을 부모가 말해 주는 것만으로도 학생의 진로 의식은 상당히 달라질 것입니다. 회사에서 익힌 일본 '모노즈쿠리'의 현황과 미래에 대한 지식은 어느 대학 안내서에도 나오지 않는 귀중한 참고 자료입니다.

보호자뿐만 아니라 가까운 어른들의 의견을 들어보는 것도 중요합니다. 학교 교사는 교육 전문가입니다. 수많은 학생을 지도해 온 경험에서 우러나오는 조언을 할 수 있습니다. 개인적으로도 존경할 만한 분이 많이 계십니다. 다만 그런 분들도 사회에 대해 무엇이든 숙지하고 있는 것은 아닙니다.

저는 고교생에게 "장래에 하고 싶은 일"을 묻다가 어느 순간 흥미로운 사실을 알게 되었습니다. "도상국의 빈곤을 해결하기 위해 NPO를 설립하고 싶다"라는 생각을 하는 학생들이 예상외로 많았습니다. 격차나 빈곤, 환경 파괴와 같은 문제에 관심이 있는 학생들이 늘어나고 있는 것은 대단히 훌륭한 일입니다. 사회기업가로 활약하고 있는 사람이 늘어나는 것도 그들에게는 좋은 자극이 되겠지요. 다만 흥미로운 것은 "NPO를 설립하고 싶다"라고 말하는 학생은 매우 많지만 "민간 기업을 설립하고 싶다"라고 말하는 학생은 대단히 적다는 점입니다.

NPO의 설립을 부정하려는 뜻은 전혀 아닙니다. 다만 도상국의 빈곤을 해결하려면 현지에 회사를 세워 고용을 창출한다든가, 현지의 특산품을 세계로 수출하는 등의 선택지도 있을 것입니다. 현실적으로는 오히려 이런 쪽이 현지에서 더 큰 영향력을 발휘하면서 환영을 받기도 합니다. 학생들에게 "민간 기업은 안 되나요?"라고 물어보면, 그런 일은 생각해 보지도 않았다는 반응이 돌아옵니다.

여러 학생의 '꿈'을 들어보면 왠지 '이익'에 대해 부정적인 감정을 가진 학생들이 적지 않은 것 같습니다. "그런데 그것은 돈벌이가 목적이죠?"라는 대답과 함께 더러운 것을 말한다는 반응을 보이곤 합니다. 아마도 머릿속에서 "민간 기업의 돈벌이"와 "비영리 조직의 사회 문제 해결"이라는 이항대립의 도식을 그리고 있는 것 같습니다.

평소에 기업에서 일하는 어른들의 의견을 들었더라면 이렇게 단순한 사고방식을 갖지는 않았을 겁니다. 기업은 자기 회사의 이익 확대를 추진하면서 어떤 형태로든 사회에 공헌하고 있고, "이익만 취하면 누가 곤란해져도 상관없다"라는 식으로 생각하지도 않을 것입니다. 문제나 과제가 있기 때문에 그것을 해결하는 일을 업으로 삼는 사람이 나타나고, 비즈니스가 되기 때문에 사회 문제에 깊은 관심을 갖는 기업인도 많습니다.

아마도 학생들의 꿈을 듣고 상담해 주는 상대가 학교 교원이나 학원 강사 등 '교육업계'에 종사하는 사람들로 한정되어 있기 때문에 이런 경향이 나타날 지도 모릅니다. 교육계 학부를 졸업하고 곧장 교육 현장에 들어간 교원은 교육 전문가입니다. 비즈니스맨이

학교 교육의 실태를 숙지할 수 없는 것과 마찬가지로, 교사도 비즈니스의 실정에 대해서 모든 것을 알고 있지 않습니다(이렇게 말하는 저도 마찬가지입니다).

고교생에게는 자신의 꿈을 되도록 많은 사람에게, 직업이 다른 어른들에게 털어 놓기를 권장하고 있습니다. 업종·직종이 다르면 감상이나 조언도 다르게 돌아올 테니까요. 그래서 되도록 많은 의견을 듣는 것이 중요합니다. 학부·학과 선택도 그런 대화를 나누기 전과 후로 크게 달라질 것입니다.

학문을 접할 기회는 많다

조기早期부터 문과·이과를 가르는 것에 저는 별로 찬성하지 않습니다. 하지만 이것을 지금 당장 철폐하기는 현실적으로 어려울 것입니다. 그렇다면 문과·이과를 선택하기 전까지 가능한 한 다양한 학문을 접할 필요가 있습니다.

대학이 개최하는 오픈 캠퍼스에서는 각 학과 교수들의 모의 강의가 이루어지고 있습니다. 이런 기회를 이용하는 것도 나쁘지는 않지만, 개인적으로는 그다지 권하지 않습니다. 오픈 캠퍼스는 대학이 지원자를 모집하기 위한 '홍보' 마당입니다. 그래서 오픈 캠퍼스의 모의 강의에서는 학문적인 내용 중에서도 일반적으로 흥미를 끌기 쉬운, 재미있어 보이는 내용만을 다루는 수업이 이루어집니다. 누가 들어도 흥미를 끌 법한 내용입니다. 하지만 어떤 학문이든 겉으로는 멋져 보여도 실제로는 힘든 부분이 있습니다. 시행착오를 거듭하고, 생각을 차근차근 쌓아 나가는 과정입니다. 학부·학과를 선택할 때 중요한 것은 오히려 이런 부분입니다.

"밤새 실험을 해도 고통을 느끼지 않는다", "만든 프로그램에서 에러가 계속 나오면 기필코 해결해야겠다는 마음이 든다", "대량의 법문法文 중에서 사회 제도에 대한 사고방식을 풀어나가는 작업이 재미있다" … 이런 일에 지적 호기심을 품고 보람을 느낄 수 있다면, 당신은 그 학문과 잘 맞을 겁니다. 하지만 오픈 캠퍼스의 모의 강의에서는 이것을 알 수 없습니다. 게다가 고교생을 상대로 하기 때문에 얕고 초보적인 내용이 많습니다. 대학의 학문 중에서도 내용이 가장 쉬운 부분을 맛보는 것만으로는 학문의 진수를 알 수 없습니다.

제가 권하고 싶은 것은 국가와 대학의 연구소가 주최하는 '연구 체험'에 참가하는 것입니다. 그것도 하루에 끝나는 단기 프로그램이 아니라 가능하면 며칠 혹은 몇 개월이 걸리는 장기 프로그램을 추천합니다. 체험뿐만 아니라 실제로 실험이나 실습에 참가하거나, 보고서나 제품 만들기와 같이 어려운 과제가 주어지는 내용이라면 더 말할 나위 없습니다. 자기에게 맞는지 안 맞는지를 확인하기 위해서는 과제와 진지하게 씨름하고, 힘든 과정을 끈질기게 견뎌 보는 것이 제일 좋기 때문입니다.

일본학술진흥회는 '반짝☆ 설렘 사이언스'라는 사업에서 초·중·

고교생을 위해 연구자가 진행하는 다양한 체험 프로그램을 소개하고 있습니다. 홋카이도北海道에서 오키나와沖繩에 이르는 대학이 참가하고, 인문과학·사회과학·자연과학까지 모든 분야의 프로그램이 마련되어 있습니다. 첨단 연구 성과를 접할 기회도 있고, 참가비도 들지 않기 때문에 어느 프로그램이든 참가해 볼 것을 권장합니다.

또한 도쿄도東京都 교육위원회는 매년 수도대학도쿄首都大學東京 등과 연계해서 도내에서 공부하는 고교생 50명 정도를 대상으로 대학 수준의 교육을 체험할 수 있는 '도쿄미래학원東京未來塾'을 운영하고 있습니다. 교수진에 의한 대학 수준의 강의와 실험·실습을 받고, 토론도 빈번하게 이루어지며, 보고서나 발표 같은 과제도 주어지는 강도 높은 내용입니다. 1년 동안 다양한 분야의 응용 교육을 받을 수 있어서, 내용이 매우 충실합니다. 게다가 일부 코스는 수도대학도쿄가 실시하는 특별 입시 전형과도 연동되어 있습니다. 학생들은 지적 호기심을 함양할 수 있고, 자기 관심사도 찾을 수 있다는 점에서 매우 좋은 마당이라고 생각합니다.

사실 이와 같은 프로그램은 그다지 알려지지 않았을 뿐, 전국의 대학이나 연구소에 존재합니다. 오픈 캠퍼스와 함께 이러한 프로그램에 참여해 보면 어떨까요?

특별한 사례를 하나 더 소개해 드리겠습니다. 게이오기주쿠대학이 야마가타현山形縣 츠루오카시鶴岡市에 설립한 '첨단생명과학연구소'에서는 고교생을 대상으로 '사이언스 캠프'라는 체험 프로그램을 2박 3일간 열고 있습니다. 'DNA의 증폭과 전기이동electrophoresi s(역자주)', '대장균에 의한 GPF 유전자의 복제와 발현' 등 대학의 시설을 이용한 실습을 본격적으로 체험할 수 있습니다. 이것만으로도 의미가 있지만 이 연구소에서는 "장차 박사학위를 받아서 노벨상을 탈 만한 연구자가 되고 싶다"라고 말하는 지역의 고교생을 특별 연구생으로 받아들이거나, 진행 중인 7개의 최첨단 프로젝트에 인근 고등학교 학생을 '연구 조교'로 채용하는 독특한 시도도 병행하고 있습니다. 고교생들에게는 절호의 기회겠지요. 연구팀의 일원이 되면 책임감도 생기고, 진지한 자세로 임하게 됩니다. 부디 이러한 프로젝트가 다른 대학의 연구소에도 확산되기를 바랍니다.

간판 학부를 살릴지 못 살릴지는 본인에 달려 있다

지금까지 이 장에서는 진로 선택에 대해 가능한 한 폭넓은 시각을 제시해 드렸습니다.

그리고 이 책 전체에서는 간판 학부를 통해 보이는 대학의 모습을 소개하였습니다. 이 분야의 책들은 보통 "그렇기 때문에 ○○학부가 앞으로 성장합니다. 취직하기도 쉽기 때문에 이득입니다"라는 식의 결론을 제시해서 마무리 짓는 경우가 많다고 생각합니다. 그렇지만 이 장에서는 "무엇이 당신에게 가치가 있는지 스스로 판단하는 것이 중요하다"라는 말을 마지막으로 전하고 싶었습니다.

간판은 시대에 따라 변해 왔습니다. 그 평가도 불변의 것이 아님니다. 현재의 간판 학부에 대해서는 최근의 취직 현황 등을 고려해서 권해 드릴 수도 있지만, 거기서 배운 것이 10년 후에도 유용하리라는 보장은 없습니다. 또한 '간판'이라 불릴 정도로 높게 평가받고 있는 환경이라 할지라도, 본인이 그 분야에 매력을 느끼지 못하고 좋은 환경을 활용하지 못하면 의미가 없습니다.

제2장, 제3장에서 소개해 드린 바와 같이, 간판 학부라고 불리는 뛰어난 교육 환경은 확실히 존재합니다. 하지만 "거기는 간판이니까 지원해 보자"라는 수동적인 자세로는, 그 환경을 충분히 활용할 수 없습니다. 훌륭한 환경도 잘 활용될 수 있어야 비로소 의미가 있습니다.

제4장에서는 교육 내용에 문제가 많은 간판뿐인 학부에 대해서도 다루었습니다. 학부·학과의 명칭만 보고 진학할 대학을 안이하게 선택해버리는 고교생이나 그런 선택을 유도하는 어른들 때문에 간판뿐인 학부가 생겨난다고 생각합니다. 간판 학부는 사회적 평가에 따라 자연스럽게 정해지지만, 간판뿐인 학부는 지원자를 늘리고 싶은 대학 측의 '연출'로 만들어집니다. 그래서 대학의 책임도 적지 않습니다. 앞으로 대학을 선택하는 분들은 자신을 지키기 위해서라도 부디 이름이 좋아 보이거나 브랜드, 편차치, 팸플릿의 분위기만 보지 마시기 바랍니다. 특히 학부·학과의 '명칭'으로 내용을 판단하는 것은 지극히 위험한 행위입니다. '유행 학부', '스튜디오 학부' 같은 유형도 참고하면서, 대학 구성원들에게 교과 내용을 끈질기게 물어보십시오. "이런 이름이라면 아마 이런 내용을 배울 수 있겠

지"라는 선입견은 금물입니다. 만약에 "나 혼자서는 내용을 판단할 수 없다"라는 생각이 들면, 사회에서 활동하는 어른들의 의견을 구하기 바랍니다.

지금까지 간판 학부와 간판뿐인 학부가 생겨나는 배경에 대해 말씀드렸습니다. 이 책의 내용이 여러분이 대학을 선택하는데 도움이 되었으면 합니다.

맺으며

2011년에 숫자 하나가 사회적으로 화제가 되었습니다. 미국의 Cathy N. Davidson이라는 대학 교수가 "2011년에 초등학교에 입학한 미국 어린이의 65%가 장차 지금은 없는 직업에 취직하게 될 것이다"라는 추계推計를 발표한 것입니다. 이 책에서도 '커리어 쇼크'라는 말을 소개했습니다. 어느 시대에도 직업은 조금씩 변화하기 마련이지만, 65%라는 숫자는 충격적입니다. 그만큼 기술 혁신이나 그에 따른 사회 시스템의 변화가 급격하게 일어난다는 말이겠지요.

이 숫자는 기존의 진로 지도, 커리어 지도가 더이상 유효하지 않음을 가르쳐 줍니다. 취직하고 싶은 직업을 정하고 진로를 역으로 계획하는 기존의 방식으로는 "상상할 수 없는 미래"에 대응할 수 없습니다. 지금까지의 진로 지도는 우선 목적지까지의 지도를 머릿

속에 주입하고, 거기에서 벗어나지 않도록 길을 안내한다는 발상이었습니다.

앞으로는 한정된 정보를 가지고 짙은 안개 속에서도 스스로 길을 선택하고 상황을 판단하면서 안전하게 가는 힘을 단련하는 것이 진로 지도의 방향이 될 것입니다. 그러나 현재 고교생이 진로를 정하는 방식을 보면, 제가 고교생이던 때와 큰 차이가 없는 것 같습니다.

편차치가 높으면 높을수록 좋은 대학이라는 선입견은 사라질 기미가 보이지 않습니다. 실제 사회의 움직임에 대해 알아보거나 생각할 기회를 갖지 못한 채, 문과·이과를 선택하고, 인상이나 선입견만으로 지망할 학부·학과를 정해버리는 학생도 여전히 많이 있습니다.

대학이 지원자를 모집하기 위해서 개혁을 추진한 결과, 학부·학과의 종류는 폭발적으로 늘어났습니다. 고교생 주변에는 그 누구도 전부 읽을 수 없을 만큼의 방대한 정보가 밀려 왔습니다. 명칭과 팸플릿의 내용만으로는 무엇을 배우는지 알 수 없는 학부·학과도 수두룩합니다. 대학은 교육 수준에 대한 정보도 제시하지 않고, 오픈 캠퍼스에서 관계자들에게 상세한 내용을 물어봐도 대답해 주지 않습니다.

그 결과 신입생을 맞이한 전국의 캠퍼스에서 끊임없는 불일치가 발생했고 중퇴자가 늘어났습니다. 누구에게도 좋은 상황은 아닌 것 같습니다.

생각해 보면 저 자신도 고교 시절에는 진로에 대해 조사하거나 진지하게 생각한 편은 아니었습니다. 대학에서 제공하는 팸플릿에 쓰여 있는 내용을 곧이 곧대로 믿었고, 동일한 명칭의 학부·학과는 어디든 거의 같은 수준의 교육을 하는 줄로 알았습니다. 그 당시에는 지금만큼 학부·학과도 다양하지 않아서 결과적으로는 대학 4년을 좋게 보낼 수 있었죠. 하지만 지금과 같은 상황이라면 비슷한 느낌의 여러 학부·학과 리스트를 보고 당황한 나머지, 결국 이름이 주는 느낌만으로 결정했을지도 모릅니다.

아무도 상상할 수 없는 미래를 향해 고교생은 진로 선택이라는 첫걸음에 나섭니다. 과거와 현재, 그리고 미래의 대학과 사회가 갖는 연관성 그리고 그 변화를 아는 것이 그들의 장래에도 도움이 되지 않을까요?

이 책은 '간판 학부'와 '간판뿐인 학부'라는 각도에서 대학과 사회의 연관성 그리고 그 변화를 읽어내자는 취지에서 만들어졌습니다. 많은 분이 관심을 갖고 계신 '대학'을 더 깊이 이해하는 데 이 책이 좋은 가이드가 되었으면 합니다. 진로를 검토하고 있는 고교생이나 학부모 혹은 진로 담당 선생님들은 물론이고, 대학 관계자분들도 보다 좋은 아카데미를 만들기 위해 참고해 주신다면 그 이상의 기쁨은 없습니다.

마지막으로 이 책의 기획을 제안해 주시고, 집필하는 과정에서 거듭된 변경에도 불구하고 끈기 있게 함께해 주시면서, 이 책의 구성에 다양한 시점을 제공해 주신 중앙공론신사中央公論新社 중공신서

中公新書 편집부의 구로다 다케시黑田剛史 씨에게 깊은 감사를 드립니다. 그리고 이 책의 집필을 응원해 주신 대학 관계자 여러분과 고등학교 관계자 여러분 그리고 제 소중한 가족에게 다시 한번 감사드립니다.

| 역자후기 |

서열화된 학력 사회에서 대학과 부모의 역할은

나는 이 책을 번역하면서 글 사이사이에 저자의 탄식을 듣는 듯한 느낌이 들었다.

『일본의 대학 이야기』는 생존 경쟁의 일환으로 간판 학부를 만들어내는 일본 대학의 다양한 노력을 다루고 있다. 한국도 마찬가지겠지만, 일본 사회도 저출산 고령화 시대를 맞이하여 학령인구가 절대적으로 감소하고 있고, 그로 인해 각 대학들은 입학 지원자 수를 늘리기 위해 온갖 노력을 기울이고 있다. 젊은이들의 관심을 끌만한 명칭의 학부를 새로 만드는 것도 그러한 노력의 일환이다. 이중에는 특색 있는 교육 프로그램을 구축하여, 우수한 인재와 저명한 인물들을 많이 배출함으로써 사회적으로 주목받는 대학이나 학부가 있는가 하면, 단지 멋진 이름만 내걸고 내실이 따르지 않은 학부나 학과도 존재한다.

이 책에서는 사회적으로 주목받는 이른바 '간판대학'과 이름만 멋있고 현대적으로 그럴듯하게 꾸며진 '간판뿐인 대학'이 생기게 되는 이유를 대학 경영의 시각에서 규명하고 있다. 심지어는 수험생에게 어필하여 지원자를 늘리려는 경영 논리가 지나쳐서 학과의

210 일본의 대학 이야기

교육 내용조차 알 수 없게 되는 경우도 소개하고 있다. 그래서 이런 학부를 나오게 되면 취업 준비할 때에도 기업의 채용 담당자에게 "무엇을 공부하는 학과인지 알 수 없다"는 소리를 듣는 등, 취직이 불리해지기까지 한다는 것이다.

　오늘날 일본의 대학은 학생, 학교 관계자, 일반 사회 모두 '입시'와 '입학'에만 지나치게 관심이 집중된 경향이 있다. 그래서 교육 기관, 연구기관으로서의 대학의 존재 의의가 모호해지는 상황이다. 그렇기 때문에 학생은 대학의 사정을 잘 살피지 않은 채 단지 편차치偏差値와 이름만 보고 진학 학교를 선택한다. 대학 관계자도 입학금 수입을 늘리기 위해 입시생을 조금이라도 많이 모을 궁리만 하며, 일반인들은 편차치가 높고 입시가 어려운 대학일수록 대단한 대학인 줄 알고 있다.

　이 책의 저자는 대학을 둘러싼 이러한 상황에 한탄하면서도 학생 개개인이 보다 스스로의 적성과 취향과 목표에 적합한 진로를 선택하고 학생 스스로가 인생의 주인이 되기 위해 이 책을 썼다고 생각한다.

　아마도 한국이나 일본이나 대학 입시가 인생을 좌우한다는 점에서는 크게 다를 바 없을 것이다. 하지만 두 나라의 대학 입시 상황에는 약간의 차이가 있는 것도 사실이다. 한국은 서울 집중 현상이 강한 반면에 일본은 지역주의 경향이 강하다. 간토關東 수도권, 간사이의 교토京都, 오사카大阪, 코베神戸를 이은 게이한신京阪神 지역 등

각 지방마다 입시 난관 대학이 존재하고, 각 지방의 젊은이들은 대부분 그것을 목표로 삼는다. 수도권 이외에서 수도권 대학을 노리는 것은 약간 야심적인 학생이거나 부모가 열심히 교육시키는 가정으로 간주된다. 내가 태어나고 자란 간사이關西 지방의 경우는 간사이대학關西大學, 간세이가쿠인대학關西學院大學, 도시샤대학同志社大學, 리츠메이칸대학立命館大學이라는 명문 4개 대학의 앞 글자를 딴 '관관동립關關同立'이라는 말이 회자되고 있다.

한편 도쿄東京 수도권에서는 도쿄대학東京大學, 게이오대학慶應大學, 와세다대학早稻田大學, 도쿄공업대학東京工業大學, 히토츠바시대학一橋大學이라는 이른바 '간토 5개 대학'을 으뜸으로 하여 메이지대학明治大學, 아오야마학원대학靑山學院大學, 릿쿄대학立敎大學, 주오대학中央大學, 호세이대학法政大學의 로마자 첫 글자를 딴 'MARCH', 그 다음으로 니혼대학日本大學, 토요대학東洋大學, 코마자와대학駒澤大學, 센슈대학專修大學의 첫 글자를 딴 '일동구전日東駒專', 그 다음으로 다이토문화대학大東文化大學, 도카이대학東海大學, 아시아대학亞細亞大學, 데이쿄대학帝京大學, 고쿠시칸대학國士館大學의 첫 글자를 딴 '대동아제국大東亞帝國'과 같은 대학군大學群의 서열이 존재한다.

또 온라인 취업 활동에서 '학력 필터'의 존재는 공공연한 비밀이다. 학력 필터란 편차치가 높은 대학의 학생이 들어가면 합동설명회나 담당자와의 면담 예약 화면으로 넘어 가지만, 그 외의 대학 출신에게는 자동적으로 불채용 통지 메일을 보내는 시스템이다.

유명 취업정보 사이트인 마이나비マイナビ에서 수도권에 거주하

는 사용자들에게 "〈제 1〉 대동아 이하 ⑨"라는 제목의 메일을 받았다는 트위터의 투고가 논란이 된 일이 있었다. 네티즌들에 의하면 '대동아'는 앞에서 본 '대동아제국'을 가리키고, '⑨'는 원래 어느 게임의 캐릭터를 지칭하는 인터넷 슬랭으로 '바보'라는 뜻이다. 즉 "대동아 이하 ⑨"란 학력 필터에 걸린 그 수준 이하의 대학 출신자를 가리킨다. 따라서 이런 메일은 학력 필터의 존재를 여실히 보여준 것이라고 한다.

학력 필터에 대한 논란이 거세지자 마이나비 측은 그 메일이 수도권에 거주하는 사용자에게 보낸 것임을 인정했다. 그런데 문제의 제목은 다른 작업에서 사용된 것이 잘못 들어간 것이며 ⑨도 인터넷 슬랭과 무관한 넘버링일 뿐, 당일에 면담 가능한 담당자의 숫자를 의미한다고 해명하면서 "우리는 학력에 따라 일부 학생만을 우대하지 않는다." 라며 학력 필터의 존재에 대해서는 부인했다.

이 사건은 학교의 편차치 서열에 따라 채용 여부가 결정되는 현실에 대한 논란을 불러일으켰다. 편차치가 높지 않은 대학 졸업자는 무조건 불합격된다면, 지원자는 대체 무엇 때문에 이력서와 엔트리 시트를 쓰고 적성 시험을 보며, 그룹 토론과 단독·그룹 면접을 받는 고생을 해야 하는가? 이러한 이유에서 기업이 보다 적절하고 지원자에게 부담이 적은 선발 방법을 생각해야 하지 않는가 하는 비판이 나왔다. 그런가 하면 대기업에는 많게는 몇 만 건의 지원서가 집중하므로 담당자가 선발 작업을 효율화하기 위해서는 불가피하게 학력 필터를 사용해야 한다는 변론도 만만치 않았다. 이렇듯 대학 서열은 여전히 일본 사회에 많은 영향을 미치고 있는 것이다.

　또한 이 책은 대학입시를 통해 일본의 학교·대학과 실업계實業界 사이의 커다란 간격도 보여준다. 양자 사이에는 여전히 소통이 부족하고 학부모와 자녀도 진로 선택에 도움이 될 수 있는 대화가 충분치 않다는 것이다. 대부분의 중고교생은 장차 자기들이 나가게 될 실업계와 사회에 대해 잘 알지 못하고, 또 그것을 알 수 있는 기회도 별로 없다. 한편 실업계에 몸담고 있는 학부모들은 자기 견문과 체험에 비추어서 사회와 세계가 돌아가는 방향에 대해 자녀들과 적극적으로 대화하려 하지 않는다.

　저자에 의하면 많은 학부모가 이렇게 말한다. "입시에 대해서는 잘 몰라요." "대학에 대해서는 입시 학원이 잘 알아요." 어느 학생은 국제적으로 활약하는 인재가 되는 꿈을 안고 있다고 말했다. 그의 부모는 어느 중견 기업에 근무하면서 해외에 출장을 자주 다니는 사람이었다. 그럼에도 불구하고 그는 부모님에게 국제사회에 대한 이야기를 별로 못 들었다고 한다. 국제 경험이 풍부한 부모님이 직접 보고 들은 세계의 현실을 듣지도 않은 채, 자기가 상상하는 '국제사회'에서 활약하고 싶다는 꿈을 꾼 것이다. 부모 또한 대학이나 수험이라고 하면 자기들과는 무관한 세계이고, 자신의 경험 따위는 자녀의 진로 결정에 대해 아무런 의미가 없다고 믿었던 것이다.

이러한 사실로 미루어 보면, 앞으로의 대학은 교육·연구 기관이라는 본래의 역할에 충실하면서도 상아탑에 숨지 말고 학교와 산업을 적극적으로 매개하는 역할이 요구될 것이다. 그와 동시에 학부모도 사회에서 일한 자신의 체험을 자녀들에게 적극적으로 말하고, 자녀들이 앞으로 나아가야 할 사회의 실상을 이미지화 하는 것을 도와주어야 할 것이다.

원광대학교 원불교사상연구원 연구교수

야규 마코토柳生眞

동북아다이멘션 번역서

일본의 대학 이야기

— 명문대가 아니어도 전공을 찾고싶어 —

초판 인쇄 | 2022년 7월 22일
초판 발행 | 2022년 7월 29일

지은이 | 쿠라베 시키
옮긴이 | 야규 마코토·조성환

발행인 | 한정희
발행처 | 경인문화사
출판번호 | 406-1973-000003호
주소 | (10881) 경기도 파주시 회동길 445-1 경인빌딩 B동 4층
전화 | 031-955-9300   팩스 | 031-955-9310
홈페이지 | http://www.kyunginp.co.kr
이메일 | kyungin@kyunginp.co.kr

이 책은 저작권법에 의해 보호받는 저작물이므로
내용의 일부를 인용하거나 발췌하는 것을 금합니다.

ISBN 978-89-499-6648-9 03830
값 14,000원